시화기행 3

더블린,
잠들지 않는 문학의 성지

시화기행

김병종 지음

3

문학동네

| 차례 |

1부 끝없는 이야기 속으로

2부 휴식과 영혼의 땅

일러두기

1. 작품명, 전시명, 영화 제목은 〈 〉로, 단행본, 잡지는 『 』로 표기했다.
2. 인명, 지명 등 외래어는 국립국어원 외래어표기법을 따랐으나 일반적으로 통용되는 표기가 있을 경우 이를 참조했다.

시화기행을 펴내며

그림과 시와 기행을 함께 묶는 책을 내게 되었다. 꼭 해보고 싶은 일이어서 감개무량하다. 시詩에 관해서 내게는 아픈 기억들이 있다. 대학 시절 서울대 대학문학상에 「겨울기행」이라는 시로 당선이 되었는데 장황한 심사평만 실리고 게재되지 못했다. '사정에 의해서'라는 짤막한 사고社告가 달려 있었다. 예컨대 "불온시"로 찍힌 것이었는데, 여기저기서 시를 게재하라는 요청이 빗발치면서 일 년 후에, 그것도 붉은 줄 쳐진 부분들을 고쳐 싣게 되었다. 너덜너덜해진 시에 마음이 쓰렸는데 그때 어렴풋 깨달았다. 모든 종류의 사랑에는 아픔이 따른다는 것을.

어린 시절부터 나는 그림을 좋아했고 시를 사랑했다. 줄기차게 그리고 읽고 쓰기를 계속했다. 밥숟갈 들면서부터 함께 시작된 일이었다. 그러다 중학교 2학년 때 한 다방을 빌려 〈혹惑〉이라는 이름의 생애 최초 개인전을 열면서 그 다방에서 멀지 않은 인쇄소에서 역시 생애 최초의 시집 비슷한 것을 찍어냈다. 그때 이미 독서의 이력도 상당해서 영미 문학을 찍고 일본 사소설에 빠져 있었다. 억제할 수 없이 끓어오르는 창작에의 욕망을 이런 식으로라도 분출할 수밖에 없었지만 〈혹〉은 불온하다고 비난받았고 시는 불길하다고 질책을 들었다. 그것이 그림과 글을 한꺼번에 끌어안고 가면서 이후 받게 된 그 소나기 같은 질책과 수모의 시작이었음을 그때는 알지 못했다.

수십 년 동안이나 많은 사람들이 다른 입 같은 소리로 한 우물만 파야 한다고들 성가시게 했지만 나는 일란성쌍생아 같은 글과 그림 어느 하나도 미워하거나 버리지 못한 채 끌어안고 여기까지 왔다. 다만 시는 발표 없이 혼자 쓰고 버리곤 했는데 쓰고 버리고를 무수히 반복하다보니 이 또한 야릇한 쾌감이 왔다. 구차하게 발표하며 입술에 오르내리는 것보다 그 편이 훨씬 은밀하고 짜릿했다.

밤이 이슥하도록 쓴 시들이 아침에 찢겨 나갈 때는 마치 옛 요대 궁궐의 말희가 비단을 찢는 것 같은 쾌감이 들었다. 그러다 시와 그림과 여행을 함께 버무려 내놓게 되었다. 나의 시가 햇빛을 보게 되는 순간이었다. 이른바 '김병종의 시화기행'. 문화일보에서 마음껏 시 쓰고 그림 그려보라고 판을 깔아주는 바람에 그 이름을 달고 시작된 일이었다. 물론 내가 시를 쓴다는 것을 모르는 독자들이 왕왕 "어디서 그렇게 딱딱 들어맞는 시를 가져다 쓰는 거냐"는 질문을 해올 때면 곤혹스러웠지만. 연재가 거의 백 회에 이르기까지도 여전히 내가 남의 시를 그때그때 인용하여 쓴다고 아니 기가 막힐 노릇이었지만 그러거나 말거나 나는 즐거웠다. 그토록 암중모색으로 하고 싶었던 일을 하게 되었으니까.

'김병종의 화첩기행'이 신문에 처음 연재되고 책으로 나온 지 이십

수년 만에 『시화기행』이 다시 책으로 묶여 나오게 됐다. 읽는 이들이 내 시와 그림의 창窓을 통해 떠나지 못한, 혹은 떠나왔던 여행의 상념을 어루만졌으면 싶다. 이러구러 생애의 페이지가 다시 넘어가는 소리가 들리는데 혼자 가끔씩 중얼거린다. 나는 화가다. 그리고 시인이다.

과천의 송와松窩에서
김병종

끝없는 이야기 속으로

1부

내 영혼의
쉼표

풀 냄새, 물 냄새, 바람 냄새.
그리고 글 냄새.
대갓집 전 지지는 냄새처럼
이 거리에는 그런 냄새가 나는구나.
햇빛은 바람을 부드럽게 감싸고
흔들리는 풀도 또 달콤하나니
그 속에 연두와 분홍으로
올라오는 문자, 문자들.
걷는 것과 읽는 일의 속도가 엇비슷해지는 동네.
보는 것과 듣는 것이 냄새처럼 뒤섞이는 도시.
원스 어폰 어 타임 인 아일랜드.
푸른 초원에 붉은 열매가 달리는 그곳.
백사장에 찍힌 새의 발자국처럼

시들이 모여 만든 저잣거리.
세상의 아름다움과 비탄과 한숨 소리
오래된 하프에 실어
옛이야기로 흘려보내는 이곳.
이곳에 문학이 있었다.
아일랜드에 와서는 숨쉬는 일도 시요, 노래가 되나니.

그 ▓으로 들어가는 기쁨은 위대함과 접촉하고 싶은 갈망이라던가. 심리치료 분야의 세계적 권위자이자 의사 겸 작가 어빈 얄롬의 말이 떠오른다.

드디어 아일랜드에 왔다.

왜 그토록 이 땅에 오고 싶었던 것일까. 나 역시 그 땅의 위대한 정신들과 접촉하고 싶은 갈망 때문이었을까. 이 땅이 위대하다면 그건 무엇 때문일까.

예루살렘으로 가는 순례객들은 한결같이 예수의 옷깃을 만지는 심정으로 그 땅을 밟을 것이다. 문학의 순례객들 또한 어쩌면 그런 마음으로 아일랜드 더블린에 내릴 것이다. 확실히 더블린은 문학의 성지라 할 만하다. 도처에 널린 문학의 흔적 혹은 문학과 관련된 장소를 비켜 갈 수가 없다. 문학이 이렇게 성시盛時를 이루는 곳은 처음이다. 이 A.I 시대에 말이다. 그래서 문약文弱이라는 말은 아일랜드에서는 "문학은 힘이 세다"로 바뀜직하다. 문인들이 썼던 필기구며 잡동사니 같은 것마저도 이곳에서는 선사시대의 유물, 유적만큼이나 소중하게 다뤄진다. 예컨대 문학을 만들어내는 수공업적 도구가 그대로 전시물이 되는 것. 막강한 잉글랜드와의 오랜 힘겨루기 갈등에도 불구하고 펜이 갈만큼

문학이 성시를 이루는 더블린
이곳에서만큼은 펜이 칼보다 힘이 세다.

아니 칼보다 힘이 세다는 확신을 붙잡은 듯이 보인다.

더구나 시내 한가운데에는 18세기에 지어진 장엄하고 유서 깊은 트리니티칼리지 올드 라이브러리가 있다. 오크나무로 만든 터널 형태의 롱룸에 들어서는 순간 누구라도 그 규모에 압도된다. 위대한 작가, 철학자, 신학자의 저서가 가죽 장정 안에 고스란히 그들의 숨결처럼 보관돼 있다. 서가 앞으로는 조너선 스위프트를 비롯한 작가들과 플라톤 같은 철학자들의 흉상이 놓여 있다. 그 도서관에 들어서는 순간 어빈 얄롬의 말처럼 누구라도 어떤 종류의 위대함에 접촉하는 기분을 느낄 수 있을 것이다. 오랜 세월 동안 수난을 겪은 땅에 '무기 박물관' 대신 외세와 싸운 '책 박물관'이 세워진 것이다.

얼마 전 특별한 안복眼福을 누리는 기회를 가졌다. 우리나라의 옛 문인 사대부가 쓰던 벼루를 보았다. 재물을 탐하는 것은 부끄러운 일이나 벼루 호사만은 자랑해도 된다는 의식이 선비 문화의 맥락 속에 있다. 이 분야의 최고수로 알려진 이근배 시인이 평생 모은 천여 점의 벼루 가운데에서도 명품이니 싶은 것들만 골라 전시를 진행했다. 예컨대 문인 사대부들의 벼루부터 내사계(왕실)에서 쓰던 진기한 벼루까지 놀랄 만한 양과 질이었다.

그런데 석공들이 조각한 부조 그림을 살펴보니 이근배 시인과 마찬가지로 일평생 조선 민화를 모아 수십 권의 책으로 묶어낸 이영수 화백의 소장 화집에 나오는 그림 소재와 겹치는 게 태반이라 놀라지 않을 수 없었다. 오래전 일본의 한 유명 출판사에서는 『이조의 민화李朝の民畵』라는 제목으로 화집을 묶어 미술 분야에서 세계적 스테디셀러를 만든 바 있다. (『이조의 연李朝の硯』이라는 책도 묶어낸 바 있다.) 일본으로 넘어간 우리 민화만도 수십만 점이라는 설이 있는데 우리 벼루 또한 난포

석을 비롯해 많은 양이 일본으로 전해졌다는 것이 정설이다.

도요토미 히데요시가 전란중 나포해간 도공, 석공 또한 그 수를 헤아리기 어려울 정도였다. 그들은 왜 그토록 서화와 도기 문방류에 집착했을까. 일본은 본디 칼과 무사의 나라였다. 히데요시가 다이묘를 평정하고 천하를 통일했다고는 하나 그 역시 언제 다시 칼에 무너질지 모른다는 불안을 안고 있었다. 무리하게 조선 침략을 시도한 것도 무력의 방향을 외부로 향하게 하려는 의도 때문이었을 테고 이를 통해 자기 위치를 공고히 다지려 했을 것이다. 한편 그는 시와 골동의 수장가로 이름을 날리기 시작했다. 이제는 칼이 아닌 문文의 시대라는 것을 천명하고 싶어서가 아니었을까. 그런 면에서 뛰어난 문예 선진국인 조선의 예술품을 자국 문화화하고 싶었을 것이다.

제국의 무강武强 시대에 아일랜드는 별로 주목받지 못했다. 그러나 그 작은 나라가 많은 노벨문학상 수상자를 배출하면서(물론 타분야에서도 수상자가 나왔지만) 그 정신적, 문화적 저력에 놀랄 수밖에 없었다. 쉽사리 넘볼 수 없는 나라가 된 것이다.

바야흐로 문화가 힘이고 경쟁력인 시대다. 아일랜드에 와서 내 조국 한국을 생각한다. 어쩌면 그 오랜 수난의 역사 속에서 들풀처럼 살아남은 힘의 뿌리에도 문화가 있을 것이다. 문득 『긴 호흡』에서 언어를 자신을 지나가는 천 개의 열린 문이라고, 힘을 갖는 수단이라고 표현한 미국 시인 메리 올리버의 말이 생각난다.

그렇다. 말과 글은 이제 천 개의 문이요 힘의 수단이다. 더블린에 와서 절절하게 깨달은 일이다.

문학, 음악의 땅 아일랜드

유럽 대륙 북서쪽에 위치한 작은 섬나라 아일랜드는 세계 문학의 중심지이자 팝음악의 한 뿌리를 이루는 국가다. 특히 수도 더블린에는 『율리시스』라는 대작을 쓴 제임스 조이스를 비롯해 조너선 스위프트, 오스카 와일드 등 기라성 같은 작가들의 흔적이 남아 있어 문학 애호가들이 순례하듯이 이곳을 찾는다. 2024년 기준으로 아일랜드 인구는 508만여 명으로 우리나라와 비교했을 때 십분의 일 정도 규모다. 하지만 윌리엄 버틀러 예이츠, 조지 버나드 쇼, 사뮈엘 베케트, 셰이머스 히니 이렇게 총 네 명의 노벨문학상 수상자를 배출하였고 이외에도 유명한 작가들이 많아 유네스코에서 2010년 더블린을 문학도시로 지정하기도 했다.

문학뿐 아니라 독특한 정서를 가진 아일랜드 음악 또한 아일랜드에서 빼놓을 수 없다. 겔틱음악이라 불리는 아일랜드 음악은 오늘날 팝음악에도 많은 영향을 미쳤다. U2, 웨스트라이프, 엔야 등 수많은 팝스타가 아일랜드 출신이고 펍과 길거리 버스킹 공연 등을 통해 지금도 아일랜드 곳곳에서 음악 선율이 흐른다. 그 밖에 연극, 춤, 퍼포먼스 등 다채로운 예술 활동이 곳곳에서 펼쳐져 전 세계 수많은 젊은 관광객이 이곳으로 몰려든다.

글이 떠도는
　문학 라운지

얼마나 즐거운가

글자가 말이 되어 날아다니는 세상.

하지만 글자는 소리 없는 말.

투명한 생명체.

무해하고 무중력한 꽃잎,

혹은

하늘하늘 내려오는 눈송이.

그러다 땅에서 하늘로 올라가는 글자들.

공중에서 저희끼리 회전하고

부딪히며 엮여서

문장이 되는

아직 말이 되기 전의 말들.

그 글자들이 꽃씨처럼 뿌려졌다가

만발하게 피어오르는 동네 하나가 있다.
우리 사는 곳에서 그리 멀지도 않은
또다른 행성 같은
지구별 한쪽에.

—

드디어 더블린에 왔다. 오고 싶었던 곳이어서 행복하다. 나는 제임스 조이스와 사뮈엘 베케트가 글 쓰며 차를 마셨다는 호텔 리우 플라자 더 그레셤Riu Plaza The gresham의 작가 라운지에 앉아 있다. 어젯밤 이곳에 여장을 풀었다. 커다란 통유리 밖으로는 맑은 종소리를 내며 느린 전기 트램이 지나가고 신화처럼 파란 하늘과 흰 구름이 둥둥 떠간다. 도시의 호텔인데도 마치 전원에 온 느낌이다. 숲속 자택에 은둔하며 집필 생활을 한 솔제니친이 썼음직한 집필 탁자처럼 오래된 나무 탁자를 손으로 쓰다듬어본다. 이 오래된 탁자에서 누군가 퍼내고 퍼냈을 상상의 샘물을 생각한다. 앞으로 더블린을 기점으로 삼아 북아일랜드 벨파스트까지 올라가볼 작정이다. 그곳은 내가 청년 시절 이후 연모해 마지않던 C. S. 루이스의 고향이기도 하다. 육친 같은 그의 문학을 탄생시킨 그 날씨와 공기, 장엄한 대자연 앞에 한번쯤은 서봐야 할 것 같다.

어쨌거나 작가 라운지라니. 세상을 헤매며 다양한 라운지를 봤지만 호텔에 작가 라운지라니 난생처음이고말고다. 비로소 '문학의 수도'에 왔구나 싶다. 격하게 이어지던 행려行旅의 허리를 펴고 마음의 짐까지 풀어둔 듯한 푸근함에 젖는다. 라운지에 앉아 얇은 책 한 권과 하얀 종이를 펴놓고 있으려니 앞치마 두른 튼실한 여성 종업원이 웃으며 따뜻한 물 한 잔을 놓고 간다. 손으로 컵을 감싸쥐니 그 컵의 따스함이 선의善意처럼 온몸으로 퍼져나간다. "거기는 글 쓰는 이가 화폐 가진 이보다 대접받는 곳이랍니다. 행복한 여행 되세요." 아일랜드로 가기 위해 가방을 꾸리고 있는데 이미 다녀온 시인 한 사람이 그렇게 일러주었다. 실감이 나려 한다. 흰 종이와 펜을 꺼내놓으니 종업원이 쿠키 몇 개가 담긴 접시를 놓아주고 간다. 내가 작가라고 생각했을 것이다.

비행기에서부터 보던 미국 할머니 메리 올리버의 시집 『긴 호흡』을 펼친다. 기차 안에서도, 침대에서도 가끔씩 이 책을 펼쳐보게 되는 것은 뉴욕타임스에서 그녀를 "단연코 미국의 최고 시인"이라고 추켜세워서만은 아니다. 시에 무슨 최고가 있고 최저가 있겠는가. 그보다는 그 할머니의 아포리즘 같은 짧은 문구(그녀는 자신의 시를 한사코 시가 되기 이전의, 낡은 메모장에서 건져올린 글이라고 말했다)가 지닌 기묘한 매력 때문이다. 특히나 긴장을 풀고 내장 안쪽에서부터 '긴 호흡'을 해야 할 때 이 책은 안성맞춤이다. 모든 것이 느리게 가는 더블린에 왔으니 빠른 호흡일랑 거두고 바야흐로 긴 호흡으로 바꿔야 할 때다.

더블린 시내를 한나절 둘러보자 이 도시가 제임스 조이스의 영지라는 기분이 들었다. 이 작은 나라에서 노벨문학상 수상자가 네 차례나 나왔지만 더블린의 문학 맹주는 단연코 조이스였다. 도로가 마치 그의 『율리시스』 활자로 포장되어 있다고 느껴질 만치 발길 닿는 곳, 부딪치는 곳마다 그의 흔적은 현존으로 다가온다. 하지만 어쩐지 교장 선생님 같은 조이스보다는 부랑하며 살아간 사뮈엘 베케트 쪽이나 오스카 와일드에게 꽂힌다.

한약처럼 알싸한 더블린 커피를 마시며 다시 메리 올리버를 뒤적인다. '평생 이것 이상은 없었다. 아름다움과 공포.' 아아, 그렇고말고다.

구름 아래 꽃

도시의 불안과 쫓김 속에서 문학이란 꽃이 피어났다.

나 또한 이것에 등 떠밀리거나 쫓기며 숨가빠 하지 않았던가. 모든 문화는 더 오래, 더 잘살기 위해 분투하는 야만적이고 원초적인 생물체로 성장했다고도 했다. 문화나 예술이라는 생물, 더 오래 살아남기 위한 눈물겨운 분투고말고. 그러다 '야만적이고 원초적인 생물체'라는 한 줄에 눈길이 멈춘다. 번쩍 떠오르는 낯선 색채와 형상, 저절로 그려지는 그림…… 아, 이 한 줄로 적어도 열 점의 그림은 쏟아져나올 듯한 이 느낌이라니. 오래전 쿠바와 멕시코 같은 중남미를 돌 때 익히 체험했던 에너. 그러다 실소한다. 문학의 나라 아일랜드에 와서 웬 미국 시인이라니 싶어서다. 여자 '소로'로 불릴 만큼 예술가들의 땅 매사추세츠주 프로빈스타운에서 숲과 바다를 거닐며 글을 쓴 메리 올리버가 기이하게도 나를 아일랜드까지 안내했다. 예컨대 태양이 남쪽에서 돌아와 햇빛이 강해지면서 땅이 부드러워진다는 그녀의 글을 읽었을 때조차도 '돌아온 햇빛에 부드러워진 땅'으로 아일랜드를 떠올렸다. 기묘한 인연이다.

다시 맑은 종소리와 함께 전기 트램이 내 눈앞을 지나간다. 비로소 들풀과 석양과 고요한 푸른 오후를 지닌 이 도시에서 기이한 안식과 행복감 같은 것이 스멀스멀 퍼져나온다. 도시의 불안과 쫓김을 느끼지 않고 탁자 앞의 하얀 종이 위에 주제 없는 글을 한가하게 써나간다. 그간 화가가 웬 글을 그리 쓰느냐는 시비와 비아냥을 무수히 들었지만 아랑곳하지 않았다. 글쓰기는 논리나 이성이나 무슨 기술 같은 것이 아님을 본능적으로 느끼곤 했기 때문이다. 확실히 어느 도시에 가면 나 스스로가 내 굴레에서 이탈돼 나왔구나 하고 자유로움을 느낀다. 더블린에 와서 작가 라운지에 앉아 '쓰는 일'이 '그리는 일' 못지않게 피해 갈 수 없는 내 존재방식의 하나임을 다시 절감했다. 글자가 식물처럼 누웠다가 다시 일제히 수직으로 올라오는 듯하다. 살아 있다는 뜻이다.

다시 지나가는 트램의 맑은 종소리. 문득 내가 스쳐갔던 도시로부터 쏟아져나오는 '참을 수 없이 가벼운' 문학에 치가 떨린다. 그 자본과 욕망의 부산물들이라니. 이제야 비로소 육적이면서 동시에 영적인 문학의 생물체가 사는 아일랜드라는 비밀의 숲에 성큼 들어선 기분이다. 그렇지, 이것이 문학이지. 문득 한번쯤은 나도 『긴 호흡』에서 가르친 대로 지적인 능란함도 넘어서고 영적 기품도 갖추어 포물선을 그리며 유유히 비행하는 한 마리 새처럼 글도 그림도 날아올릴 수 있을 것이니.

그런데 도대체 호텔에 어떻게 영혼의 정원 같은 '작가 라운지'를 둘 생각을 했을까. 물론 작가 라운지라고 해서 꼭 무슨 작가만이 앉아야 하는 공간도 아니고 유별나게 꾸며진 것은 더더욱 아니다. 그럼에도 그 이름이 눈물겹게 고맙기만 하다. 문학은 일단 느리다. 그리고 채산성이 맞지 않는 장사다. 강력하고 자극적이고 빠르고 놀라운 것들이 넘치는 세상 속에서 느린 것은 살아남기 어렵다. 번쩍번쩍 흘러가는 영상의 시대에 문자는 낡은 타자기처럼 느려터진 그 무엇이다. 호텔업의 수지타산에 도움될 일이 없다. 그런데 이 도시에서는 그런 문학이 대세인 모양이다. 버젓이 가장 중요한 도로 쪽 큰 창가 자리를 작가 라운지가 차지하고 있지 않느냐 말이다. 문명의 급류에도 살바도르 달리의 굽은 시곗바늘처럼 느린 문학의 물줄기는 석양빛을 담아내며 굽이굽이 도시를 적신다. 그러다 급기야 이방인이 먹고 잠자고 떠나가는 호텔에까지 밀려온 것이다. 이 도도한 역류여, 세상 어느 도시에서 이런 기이한 풍경을 다시 만날 수 있을까.

시내를 걷다보니 작가 라운지는 비단 내가 묵는 호텔에만 있는 것이 아니었다. 차를 마시러 들어간 또다른 호텔에서도 '비즈니스 라운지'가 아닌 '작가 라운지' 팻말이 보인다. 그러다 문득 생각한다. 서울의 한 호텔에서도 '시인의 방' 혹은 '작가 라운지'라는 팻말을 본다면 얼마나 멋진 일일까 하고.

도쿄의 우에노공원 뒷골목을 길게 올라가면 '수월장'이라는 정원이 딸린 료칸이 나오는데 거기서 가끔 묵는다. 한 계절 그 료칸에 머물며 『무희舞姬』라는 작품을 쓴 한 소설가의 방이 그곳에 있는데 거기 묵으려면 특별 요금을 내야 한다. 역시 문학으로 수지타산을 맞추려는 행동이 지난 그럼에도 그 방은 인기라 오래전에 예약해야만 한다.

'문학 라운지'나 '작가의 방'은 그 울림마저 따스하다. 가난한 동네에 풍성히 내리는 눈 같은 느낌이다. 그런 면에서 더블린은 사철 문학의 해가 뜨고 문학의 바람이 불고 꽃이 피고 눈 내리는 세상 너머의 또하나의 세상이다.

문학의 거리, 거리의 문학

더블린은 문인들의 얼굴로 벽화를 만드는 도시나. 문인들의 이름을 넣은 펍과 바, 카페, 레스토랑은 물론이고 거리 이름이나 호텔 라운지 등 곳곳에서 문인의 흔적을 찾을 수 있다. 그런 면에서 도시 자체가 문학 동네이자 문학 박물관이라 할 수 있다.

세계 문학을 쥐락펴락했던 과거의 작가뿐 아니라 현재에도 수많은 시인, 소설가, 극작가가 아일랜드에서 쏟아져나온다. 사뮈엘 베케트 등 극작가를 많이 배출한 도시답게 크고 작은 극장이 눈에 많이 띄는데 심야 공연 등 공연도 활발히 진행된다.

아일랜드 음악과 함께 아일랜드 문학은 오늘도 끝없이 확대 재생산되기에 앞으로도 이 나라에서 얼마나 더 많은 노벨문학상 수상자가 나올지 알 수 없다.

C. S. 루이스를
읽는 밤

똑, 똑, 똑,

깊은 밤

누군가 등불을 켜고 내 집 문을

두드린다.

어두운 불빛 아래로

깊은 눈의 얼굴 하나가 서 있다.

혹시…… 그가 미소 띤 얼굴로 묻는다.

죄에 대해 고백할 것이 있느냐고,

사랑에 상처 입힌 적이 있느냐고.

그냥 문을 닫으려 하는데

그 얼굴의 안온한 빛이 먼저 방안으로 들어온다.

마침내 나는 그와 함께 나의 낡은 식탁에 마주앉고

죄와 슬픔으로 얼룩진

지나간 시간에 대해 말하기 시작한다.
나는 한숨을 쉬며 무력하게
죄의 눈비 속으로 걸어왔던 시간에 대해 말하고
그는 들어준다.
그렇게 그는 밤이 깊도록 나의 이야기를 들어준 다음
상처를 어떻게 꽃으로 피워내는지에 대해 말해준다.
헤아려보아야 하는 슬픔의 시간 속에서
기쁨의 싹을 틔우는 법에 대해서도 말해순다.

새벽이 오기 전
기름이 다해 꺼진 등불을 들고
그는 나의 식탁을 떠나가고
나는 문득 내 존재의 언저리 근처에 누군가
머물다 간 듯한 흔적을 느낀다.
두리번거리다가
마침내 동이 터오고
책을 덮는다.
밤은 아침을 향해 달리는 열차와 같은데
나는 아직 그 열차에 타고 있는가.
흔들리는 불빛 아래

C. S. 루이스를 읽는 밤.

—

더블린의 호텔에서 맞는 아침. 마치 묵상집의 한 구절처럼 C. S. 루이스를 떠올린다. 그의 책 『고통의 문제』와 『헤아려본 슬픔』은 밤에 읽기 좋고 『기쁨의 하루』는 제목 그대로 향이 좋은 커피와 함께 아침 식탁에서 만나면 좋다. 그는 매일 아침 가장 먼저 크고 강하고 고요한 생명의 강이 흘러들어오게 해야 한다고 말한다. 그는 눈뜨면 맹수처럼 달려드는 그날의 소원은 물론이고 희망까지도 모조리 밀어내야 생명의 강이 가능하다고 썼다.

두꺼운 커튼을 열자 가로수 사이로 환한 햇빛이 물살처럼 밀려온다. 밤 사이 가라앉아 있던 우울, 행복에의 갈망, 덧없는 희망 같은 것이 그 강한 햇살에 섞여 북아일랜드의 평원까지 날아가버리는 듯하다. 그 빠져나간 자리에 이제는 고요한 생명의 강이 흘러들어올 시간. 아침이 풍요롭다.

호텔 일층의 한산한 식당에서 갓 구워낸 빵과 진한 커피 한 잔으로 식사를 마치고 시내로 나간다. 한 나라의 수도라고는 하나 더블린은 우리나라의 전주나 경주 혹은 통영쯤에 온 듯한 분위기다. 오래된 도시를 걷는 일은 즐겁다.

아이리시펍 앞으로 천천히 전기 버스 트램이 지나간다. 한산한 거리.

오십 세의 자화상
고요한 생명의 강이 흘러들어올 시간이다.

천천히 걷는 사람들. 파란 하늘에 솜처럼 떠가는 구름. 도로 옆으로는 졸졸 맑은 물, 흔들리는 꽃. 이곳은 도시이면서 전원이다. 작가 제임스 조이스의 동상이 거의 키 높이로 친근하게 서 있고 거기서 관광객 두셋이 사진을 찍고 있다. 유리창 저편에 어른거리는 칼 꽂은 3층짜리 아이리시 햄버거에 검은빛 에딩거 맥주. 무사처럼 체격 좋은 젊은이들이 왁자지껄 내 앞을 지나간다. 거리 쪽으로 문을 열어놓은 펍은 사람들로 차 있고 이야기 소리로 왁자지껄하다. 저런 저잣거리 이야기에 상상력이 보태져 소설로, 연극으로 나왔을 것이고말고다. 그러고 보면 이 나라는 감성의 섬세함과 한주먹하는 완력의 양면성 DNA를 가진 나라인 것 같다. 특히 영화에 나오는 아이리시맨은 절대 나약하지 않다. 나약하기는커녕 폭력적이다.

유리창이 큰 카페로 들어간다. 아침에 만났던 그 진한 커피 향이 몰려온다. 삶의 이 지점에서 돌아보니 마치 사람과 인연 맺듯 책과 맺은 인연이 적잖음을 실감한다. 어떤 책은 오래된 사랑처럼 느슨하고 편안하고 따뜻했다. 그래서 세월이 가도 머리맡에 두고 잠들기 전 몇 줄씩 보게 된다. 물론 허다한 책이 아픈 머리를 더 아프게 헝클어뜨리고 복잡한 세상을 더 복잡하게 만들어버렸지만 그럼에도 확실히 어떤 책은 인격이 돼 다가왔다. 말을 걸어오고 내 얘기를 들어준다. 적막한 밤의 공간으로 가만히 걸어오는 책의 발소리, 숨소리, 기침 소리, 눕고 일어나는 소리라니. 나는 소년 때부터 그런 소리와 친숙했다.

C. S. 루이스, 그의 책에서 그의 체온을 느낀다. 특히 오래된 삶의 의문과 신학적 숙제 같은 것을 쉽고 친절하게 풀어줄 때면 더 그렇다. 『순전한 기독교』를 읽다보면 사람은 어떻게 태어났으며 어디로 갈 것이고 사후에도 삶이 지속된다면 어떤 형태일 것인가에 대한 질문들을 내려

놓고 에포케(판단중지) 상태로 편안하게 들어가게 된다. 명쾌한 변증적 논리가 담긴 글을 읽다보면 절로 모자를 벗고 싶어진다.

사인, 코사인, 탄젠트를 줄타기했던 내 십대, 이십대의 교회 생활 때문에 어머니는 나를 늘 한심한 눈으로 바라보시곤 했다. 자의식이 생기기도 전부터 어머니 손에 잡혀 교회를 오갔는데 가끔 돌아보면 문제적 기독 청년이던 시기에 왜 C. S. 루이스 같은 명쾌한 문장가를 만나지 못했던가 하는 아쉬움이 크다. 그런 면에서 아일랜드 여행은 내게 성지 순례와 같다. 내가 평생 짝사랑아닌 눈익의 싱서이서 런 넘지근 드게 기독교라는 지도를 건네받은 성지인 것이다.

기독교 변증가 C. S. 루이스의 삶

C. S. 루이스(Clive Staples Lewis, 1898~1963)는 아일랜드 벨파스트에서 태어났다. 어머니가 일찍 세상을 떠나 어린 시절을 윈야드 기숙학교에서 보낸다. 그는 『예기치 못한 기쁨』에서 이 학교를 '나치 수용소'라고 부를 정도로 싫어했는데, 몇 년 지나지 않아 학생 수가 감소해 폐교되고 그를 힘들게 했던 교장 선생님은 정신병원으로 보내졌다. 어릴 때부터 베아트릭스 포터 이야기나 북유럽 신화 등 다양한 책을 읽었는데 이때의 독서 경험은 이후 『나니아 연대기』 집필에 영향을 끼친다.

1925년부터 1954년까지 옥스퍼드대에서 영문학 교수로 학생들을 가르쳤고, 1954년부터 은퇴할 때까지는 케임브리지대에서 중세 및 르네상스문학을 가르쳤다. 옥스퍼드대 시기 『반지의 제왕』의 작가 J. R. R 톨킨, 찰스 윌리엄스, 오웬 바필드 등과 함께 문학과 철학에 대해 토론하는 모임인 '잉클리스'를 만들어 교류하기도 했다. 잉클리스 모임에서는 서로의 작품을 읽고 의견을 주고받기도 했는데, 그러면서 톨킨의 『반지의 제왕』과 루이스의 『침묵의 행성 밖에서』 같은 작품이 발표되기도 했다.

무신론자였던 루이스는 잉클리스 모임을 통해 유신론자로 개심하고 이후 신앙에 대해 성찰하는 내용의 책을 여러 권 펴냈다. 독신으로 살다가 쉰 살 즈음인 1952년 조이 데이비드먼을 만나 1956년 혼인 신고를 하지만 조이가 골수암 판정을 받는다. 1957년 결혼식을 올리고 병세가 다소 호전되나 1960년 결국 조이는 세상을 떠난다. 이후의 고통과 상실감, 신에 대한 원망 등이 뒤섞인 『헤아려 본 슬픔』을 N. W. 클러크라는 가명으로 출간했다. 아내의 급작스러운 죽음 이후 신앙을 상실하고 흔들리는 루이스의 모습이 담긴 이 책은 한때 '금서'로 여겨지기도 했다.

　1963년 11월 22일, 생일을 며칠 앞두고 급작스럽게 세상을 떠났다. 2003년 성공회에서는 그를 '성인'으로 추서해 세인트 C. S. 루이스로 명명되기도 했다.

이야기의
나라

누군들 가지 않은 길 하나쯤이야 없으랴만
문학, 나는 그 마을을 향해
차마 길 떠나지는 못한 채
삶의 등고선 위에 서서
가끔씩
저만큼 불 켜진 동네를 바라보곤 했지.
말 못 하고
떠나보낸 여인처럼
늘 그쪽 동네의 안부를 궁금해하곤 했어.
그래서 그곳으로부터 오는 바람 소리에
홀로 귀기울여보고
가끔은 고개를 끄덕이기도 했지.
하지만 이제는 그냥 평온해.

그리움도 일종의 소모.

다만 하나 어쩌지 못하는 것은

아직도 가까이 닿으려는 몸짓 하나.

—

비행기를 타면 그 나라의 문화가 보인다. 독일 항공사 누프트한사. 식
사 시간이면 머리를 질끈 뒤로 묶은 게르만 전사 같은 여성 승무원이
쿵쿵 다가와 삼지창 같은 포크며 나이프를 툭툭 던지듯 건네고 지나간
다. 말 붙여볼 엄두가 나지 않는다. 프랑스 항공사 에어프랑스. 주의사
항을 알려주는 화면에는 말 대신 모던댄스 공연을 하듯 귀엽고 컬러풀
한 복장을 한 몇몇 여성 승무원이 무언극으로 율동을 곁들인 퍼포먼스
를 한다. 프랑스가 말보다는 시각예술의 나라라는 사실을 알게 된다.

런던에서 더블린행 비행기에 타자마자 아일랜드가 이야기의 나라라
는 게 실감됐다. 제복을 단정히 입은 남자 승무원이 심각한 얼굴로 마
이크를 잡고 책을 읽듯 장황하게 주의사항을 설명한다. 빠르고 길고 한
이 없다. 『아라비안나이트』처럼 청산유수로 이어지는데 문득 저래서
그토록 많은 작가가 쏟아져나왔나보다 싶다. 그 청산유수는 공항에서
잡아탄 택시로 이어진다. 호텔로 가는 동안 그 늙수그레한 기사는 더블
린 문화 가이드를 자처했다. 마치 퇴임한 역사 교수 같았다. 호텔에 도
착해 여장을 풀고 시내로 나가 잠시 들른 한 펍에서도 이야기는 계속됐
다. 한낮인데도 삼삼오오 모여서 검은 기네스 맥주 한 잔 앞에 놓고 이
야기보따리를 풀어놓는다. 앉거니 서거니 끝없이 이야기, 이야기, 이들

더블린 풍경
더블린은 이야기의 보고라 할 만큼 다채로운 이야기로 가득하다.

의 노동은 이야기인가보다. 따라서 아일랜드 전통 음악은 노동요가 되 겠다.

햄버거로 점심을 먹고 느리게 걸어 본격적인 '문학 수도'의 탐방을 시작한다. 묵고 있는 호텔을 가로질러 커다란 성당 가까이에 오래된 주 택의 아일랜드 문학 박물관이 있다. 문학도라면 성지순례하듯 찾는다 는 바로 그곳이다. '세상의 모든 문학'을 모아둔 듯하다.

다음날부터 아침저녁으로 지나친 그곳이야말로 말이 문자로 변환되 는 것이라 할 만했다. 사방으로 말이 실빛치럼 잉잉기디며 날아다니는 듯하다. 인구 오백여만 명에 국토 면적도 우리나라보다 조금 작은 섬나 라에서 노벨문학상 수상자가 네 명씩이나 쏟아져나왔다거나 트리니티 칼리지의 고색창연한 도서관에 인류 문화유산의 보고라고 할 만한 엄 청난 책을 수장하고 있는 나라라는 사실은 명불허전 그대로다. 말과 문 자를 지식의 군대처럼 거느린 나라가 아일랜드다. 그래서 비록 힘센 잉 글랜드에 백 년 넘게 지배를 받으면서도 문사적 자존을 지켜낸 것이 다. 굳이 잉크 자국 희미한 펜이 잘 벼린 칼보다 강하다고 말할 수는 없 더라도 피지배국이었지만 지배국보다 문의 힘이 훨씬 강했다는 사실 은 이들의 긍지이다.

그러나 아일랜드 문학 박물관과 달리 더블린 작가 박물관은 본래 문 학은 화려한 게 아니라는 듯 지나치게 초라하다. 초라하다못해 궁했다. 중요한 자료가 벽의 게시판에 압정으로 붙여져 나풀거릴 정도. 해설사 도 조금 전까지 부엌에서 있다가 나온 것 같은 중년 아낙이었고 몇 가 지 전문적인 질문을 하자 자료를 보라며 수줍게 웃었다. 시인 김수영은 '낡아도 좋은 것은 사랑뿐이냐'고 했지만 문학관 또한 낡아야 더 좋은 가보다.

하지만 삐걱대는 마루 계단을 오르니 고향 옛집에 온 듯 편안하다. 모든 것이 번쩍거리며 흘러가는 시대에 문학은 여기에서 양반집 늙은 툇마루에 떨어지는 한 줌의 환한 햇살 같다. 힐끗 보이는 건너편 높은 첨탑의 성당이 교회가 문학보다 크고 높지 않으냐고 말해주는 듯해서 속으로 빙그레 웃었다. 그렇고말고. 종교는 사람 위의 저 먼 곳에 있고 문학은 여기 사람들 사이에 있고말고. 오래된 붉은 벽돌집의 가운데 위치한 이 낡은 집이 좋아진 이유다. 그렇다. 사람 사는 냄새나는 이 중산층 가정집(실제로 주택을 변경해 1991년 로_리___ _ _ _ '___' _다)이야말로 '문학은 낮은 데서 조용히 빛나는 빛'이라고 가르치는 것만 같다.

니체는 '기쁨은 부족하다, 여전히 부족하다'고 말했지만 전시실을 둘러보면서 속으로 '문학은 가난하다, 여전히 가난하다' 하는 생각이 들었다. 그럼에도 기묘한 기쁨이 있는 찬란한 가난이다. 일종의 안도감 같은 것이 찾아온다.

그동안 세계적인 건축가의 이름을 내건 미술관을 순례하면서 어떤 종류의 교만한 자아가 한없이 팽창되는 듯 느껴졌고 건축가의 과도한 상상력과 지나친 세련됨이 발산하는 냉기와 소외 같은 분위기에 진저리를 쳐왔다. 거기 어디 사람 냄새가 있던가. 인간은 소외되고 미술품은 무덤 속 부장품처럼 어스레한 곳에 갇혀 있다. 매번 내 어깨를 툭 치고 저만큼 가버리는 문명의 속도에 발맞추려 안간힘을 쓰다가 공기마저 느리고 한가하고 여유로운 도시에 와서 창밖으로 둥둥 떠가는 흰 구름을 바라보며 누군가가 밤이 이슥하도록 써내려간 옛 책을 손으로 만지는 기쁨이라니. 이 작은 나라에서 우리가 그토록 앙앙불락 목매고 있는 노벨문학상 수상자가 네 명이나 나왔다는 사실이 놀랍기만 하다.

하지만 실제로 더블린을 찾는 문학 애호가들은 노벨문학상을 받지 못한 제임스 조이스나 오스카 와일드 쪽에 더 꽂혀 있다. 문학에 특별히 관심 없는 사람이라 할지라도 조너선 스위프트의 『걸리버 여행기』로 소년기를 지나 브램 스토커의 『드라큘라』로 성년에 이른다고 할 만큼 아일랜드 문학은 그 폭이 넓고 깊다. 예나 이제나 세상의 관심사는 우리나라 인구의 십분의 일밖에 안 되는 작은 나라에서 노벨문학상 수상자가 네 명이나 나왔다는 바로 그 사실에 멈춰 있지만 기실 아일랜드의 문과 공고는 네 사람이 아니다. 마치 바닷가 넘선서님 넘선난 문학의 자산이 즐비하다.

자, 이제는 그 오래된 소금 창고 같은 글의 창고를 열어볼 차례다.

역사 너머로 사라진 더블린 작가 박물관

더블린 작가 박물관은 아일랜드 출신의 노벨문학상 수상자를 기념하고, 아일랜드 출신 작가들의 삶과 문학작품을 기리기 위해 1991년 문을 열었다. 기자 겸 작가 모리스 고햄이 제안해 도시 여기저기에 흩어져 있던 문학적 유산을 한곳에 모았다. 하지만 주택을 리모델링한 공간이라 소박하고 규모도 그리 크지 않다.

조너선 스위프트, 브램 스토커 같은 아일랜드 작가가 남긴 문학작품의 초기판, 『켈트의 서』 복제품, 작가의 초상화, 사뮈엘 베케트의 전화기, 뉴욕 브로드웨이를 "흥청망청 놀기 좋은 장소"라고 묘사한 브렌던 베한의 편지가 있다. 이외에 여러 작가가 글을 쓸 때 사용한 만년필, 타자기 등 다양한 개인 소장품도 모아둬 작가의 삶과 작품에 대한 관심을 증진시켜준다. 박물관뿐 아니라 아일랜드 작가의 책을 모은 서점이나 카페도 함께 운영했고 시민들을 위한 글짓기 교실도 여는 등 다양한 활동을 이어왔다.

2020년 3월 코로나19로 일시적으로 문을 닫았으나 박물관에 대한 전문적인 평가를 실시해 접근성이나 전시물, 해석 면에서 더이상 방문객의 기대를 충족시키지 못한다고 결론내려 아쉽게도 영구 폐관이 결정되었다.

그 동네라고
　문학만이 양식은
　　아닐 테지만

문학이 완벽한 시간을 선물해주지는 못할 거야.
파도처럼 일렁이는 기쁨을 몰아오지도 않을 거야.
오히려 쓸쓸하고 외롭고 애잔해서
해변에 홀로 펄럭이는 깃발 같은 것일 터야.
하지만 그 도시에서만은
석양에 등으로 햇빛을 받으며
그물을 들쳐메고 강으로 가는
어부를 바라보듯
사람들이 아직도 그 문학이라는 이름의
깃발을 바라보고 있다지.
돌아오는 그물을 기다리고 있어.
찢어진 채 펄럭이는 깃발과 빈 그물이라 해도
다만 바라보고 바라봄으로써

그렇게 지켜내는 것이야.
쓰러지는 일 없도록 붙드는 거지.
그렇게 바라보는 눈이 있어서
모진 바람 속에서도
홀로 펄럭이는

문학이라는 깃발 하나.

세기의 대작 『율리시스』를 쓰기 전 제임스 조이스는 준비 운동을 하듯
『더블린 사람들』이라고 이름 붙인 단편소설집을 펴낸다. 그는 훗날 조
국 아일랜드 사람들에게 소설이라는 거울에 자신을 비춰보는 기회를
제공하기 위해 그 책을 묶었노라고 술회한 바 있다. 소설은 허구다. 그
런데 그 허상의 거울에 실제 삶을 비춰본다고? 어폐가 있어 보인다. 허
구가 실재를 견인한다는 것인데 그러려면 허구가 엄청 힘이 세거나 허
구와 현실 사이의 간극이 최소화되어야 한다. 『더블린 사람들』이라는
소설은 그렇게 하고 있는가? 물론이다. 그 점에서 특이하다.

제임스 조이스라는 뛰어난 이야기꾼이자 문장 조련사는 잠깐 물러나
있는 형국으로 허구 속 인물 군상이 스스로 말하고 행동하게끔 구성한
다. 소설이 현실을 빨아들이는 셈이다. 나이에 걸맞지 않게 허세를 부
리는 소년, 늘 현실 너머의 몽롱한 꿈에만 사로잡혀 사는 노처녀, 허구
한 날 술에 찌들어 살면서도 집에만 들어오면 큰소리를 땅땅 쳐대는 사
내들의 이야기가 일종의 연극 시퀀스처럼 연결된다. 「하숙집」 「두 멋쟁
이」 「뜻밖의 만남」 「진흙」 「가슴 아픈 사고」 「은총」 「죽은 이들」 등등의
제목을 달고.

그 이야기와 사연을 퍼즐처럼 꿰맞추면 비로소 하나의 초상이 드러

더블린의 카페에서
아일랜드인들의 모습이 『더블린 사람들』에 생생히 그려진다.

나는데 좋든 싫든 그 몽타주 같은 초상을 통해 작가는 아일랜드, 좁게는 '더블린 사람들'의 민낯을 찾아내려 했던 것이다. 왜 그랬을까.

소설이 발표되기 전후 잉글랜드와 아일랜드의 갈등은 거의 최고조에 달해 있었다. 그런 상황 속에서 그는 스스로 '나는 누구인가' '우리는 잉글랜드와 어떻게 다른가'라고 묻고 싶었는지 모른다.

그 소설 속 더블린 사람들을 현실 공간에서도 만날 수 있을까. 더블린 여행의 버킷리스트 중에 흔히 꼽을 만한 작가 박물관이나 제임스 조이스 센터 표은 오스카 와일드의 동상이 무도덕한 자세로 누워 있는 메리언스퀘어공원, 영화 〈스타워즈〉 시리즈에 모티프로 등장할 만큼 초현실적이며 압도적인 아름다움을 보이는 트리니티칼리지 도서관의 롱룸, 그리고 아일랜드의 구겐하임이라고 일컬어지는 휴 레인 미술관을 뒤로하고 사람들이 밀집한 거리 쪽으로 발걸음을 향한다. 햇빛 쏟아지는 찬란한 문화유산의 장소가 아닌 시끌벅적하고 음식 냄새 나며 때로는 소설 속에서처럼 낮술에 취해 불그레한 얼굴로 다툼질하는 사람도 있을 법한 그런 곳을 찾아 나선 것.

우선 더블린의 명동이랄 수 있는 그래프턴가로, 그다음은 템플바 쪽으로 향한다. 영화 〈원스〉를 촬영했대서 관광 명소가 된 그래프턴가, 하지만 소박하기 그지없다. 전통 아이리시펍과 자갈길의 템플바 구역 역시 비좁고 한산하기는 마찬가지. 사실 서울처럼 붐비고 다이내믹한 도시를 벗어나면 웬만한 나라의 도시는 아무리 번화가라 해도 한적하게 느껴질 정도이긴 하다. 그럼에도 이 두 지역은 소설 『더블린 사람들』에 살짝 근접한 듯하다. 거대한 서고와 같은 이 책들의 도시에서 이 거리만은 사람 사는 더블린이라는 정겨운 냄새가 풍긴다.

그런데 이 도시, 이 불가사의한 도시의 여러 매력에도 불구하고 다른 어두운 구석이 존재한다는 사실을 최근 소설 아닌 영화 〈아이리시맨〉을 보다가 직접적으로 알게 되었다. 영화를 보고 뒤져보니 뜻밖에도 이 문학의 나라에는 다른 오명도 붙어 있었다. 아일랜드 마피아는 그 뿌리가 깊었고 악명도 자자했다. 사람 사는 세상치고 어디엔들 어둠 없이 빛만 쏟아지는 곳이 존재하랴만 문학과 폭력은 아무래도 줄긋기가 잘되지 않는다.

하지만 그것이 현실이고 바로 그러한 이질성과 낯선 것의 공존이야말로 살아 있는 문학의 새료가 되었을 짓이다. 기실 허구란 어느 정두는 현실을 다른 각도에서 비춰내는 일이기도 할 것이기 때문이다. 햇빛 환하고 흰 구름 둥둥 떠가며 세상 걱정 없을 듯한 이 도시에도 어김없이 우울과 한숨, 절망과 야만의 밤이 있을 것이고말고. 작가는 노련한 내과의처럼 이 도시의 그 습기 차고 어두운 쪽을 들여다보았다.

그런 면에서 제임스 조이스의 『더블린 사람들』은 더블린만의 '율리시스'이자 '보학譜學'이며 허구의 소설이다. 동시에 사람들의 삶이 살아 움직이는 일종의 볼록판화라고도 할 수 있으리라. 허다한 문학 박물관의 진열장 속에 화석처럼 누워 있는 문자와 달리 『더블린 사람들』은 어물전의 갓 잡아올린 생선처럼 그 문장이 퍼덕이며 살아 움직인다. 서로 다른 모습으로 찍혀 나오는 그 볼록판화를 확대하면 거기 '더블린 사람들'뿐 아니라 '세상 사람들' 모습이 나타날 것이다.

20세기 문학을 대표하는 천재 작가, 제임스 조이스

제임스 조이스(James Joyce, 1882~1941)는 더블린 남쪽 교외 지역인 라스가에서 10남매 중 장남으로 태어났다. 여섯 살 때 '아일랜드의 이튼스쿨'이라 불리는 명문 기숙학교 클롱고스 우드 칼리지에 입학하나 가세가 기울며 자퇴한다. 이후 수차례 전학을 다녔으나 아홉 살 때 「힐리여, 너마저」라는 시를 짓고, 열다섯 살 때는 전국 백일장에서 장원상을 받는 등 어린 시절부터 글쓰기에 남다른 재능을 보였다. 1898년 유니버시티 칼리지 더블린에 입학해 현대 유럽어를 공부하면서 다양한 평론 및 논문을 발표하고 희곡 「화려한 생애」를 습작했다. 재학중 영어, 이탈리아어, 프랑스어, 독일어는 물론 라틴어, 노르웨이어까지 광범하게 공부한다. 대학 졸업 후에는 의사가 되고자 파리로 떠나지만 이내 그만두고 작가의 길로 접어들었다.

1904년부터 런던, 취리히, 이탈리아의 트리에스테, 크로아티아의 풀라 등의 도시를 떠돌며 소설을 쓴다. 이때 쓴 단편들을 『더블린 사람들』로 묶어내고자 하나 출판사와의 마찰로 번번이 틀어진다. 결국 교섭을 시작한 지 십 년 만인 1914년에야 드디어 출간됐다.

제1차세계대전이 발발하여 수용소에 억류되기도 하나 중립국 스위스로 가고 에즈라 파운드, 예이츠 등 후원자들이 주선해줘 영국 왕실에서 창작 지원비를 받아 『율리시스』 집필에 매진했다. 오랜 집필 끝에 1922년 셰익스피어앤드컴퍼니에서 『율리시스』가 출간되었다. 이후 계속하여 소설을 집필하다가 1941년 취리히에서 세상을 떠났다.

제임스 조이스는 다작을 한 작가는 아니다. 시집 2권, 희곡 1편, 소설 4편을 남겼을 뿐이다. 하지만 『타임』에서 20세기의 '가장 영향력 있는 작가'로 선정했고 "조이스의 작품은 영문학의 일부로 영원히 남을 것이다"라고 에즈라 파운드가 말할 정도로 20세기 문학사에서 빼놓을 수 없는 작가다.

하루 동안 지은
시간의 집

시간으로 지은 집 한 채를 알고 있지.

한 생애가 담긴 집.

하지만 하루 동안에 지어진 집.

서까래도 기둥도 모두 시간으로 지어져 있어.

벽돌 대신 책으로 쌓아올렸다지.

벽난로 장작 타는 고요한 밤에는

그 책의 벽돌 속에서

문자들이 나누는 이야기 소리를

들을 수가 있대.

어두운 방에서 걸어나온 소년이

하얀 노인이 되어 돌아가는 집.

언제든 잃어버린 시간 속으로 돌아갈 수 있는 집.

시간으로 지은 집.

단 하루 만에 지어서

평생을 담아놓은 집.

—

늘 비 내린실 녁으로 날씨가 화창했는데 오늘은 비가 내린다. 그러나 하늘 저쪽은 여전히 환한 빛. 문득 "비 내리는 오후를 어떻게 보내야 할지조차 모르는 사람이 불멸을 꿈꾼다"며 비틀어 말했던 작가 수전 어츠가 생각나서 실소했다. 나야말로 그렇다. 더블린에서는 일부러 문학 쪽으로만 포커스를 맞추어놓고 따로 일정을 잡지 않았기 때문에 오전 오후를 막론하고 갑자기 남아도는 시간을 어떻게 처리해야 할지 쩔쩔매는 행복한 경험도 했다.

땅이 어떻게 식물을 기르는지 하늘은 어떻게 빛과 공기를 품는지 공기는 어떻게 새들을 품는지 같은 사물의 이치와 현상에 시선과 생각이 머무르는 곳. 기다림, 인내, 영혼 같은 잊었던 단어를 떠올리며 마냥 게으르게 한껏 느리게 살아도 될 것 같은 곳. 아일랜드의 대기에는 어떤 근원적이면서도 영적인 분자 같은 것이 녹아 있어서 시간을 부풀리거나 팽창시키는 듯하다.

한번 물을 뿌리고 지나가듯 이내 하늘이 맑아졌지만 우산을 챙겨들고 이 나라 사람들이 그토록 떠받드는 제임스 조이스 센터를 찾아가기로 한다. 글을 써서 이 사람처럼 영광을 얻은 경우도 흔치 않았던 것 같다. 그런데 기념관이나 문학관이 아닌 제임스 조이스 센터라니 좀 우습다. 그만큼 이 도시에서는 그 이름이 정신적, 지정학적 중심지라는 뜻일까.

하긴 곳곳에 세워진 동상은 말할 것도 없고 화폐에까지 제임스 조이스의 초상화가 박혀 있으며 『율리시스』를 기념해 매년 6월 16일 '블룸의 날'이라는 축제까지 벌일 정도니까. 그뿐 아니라 『율리시스』 줄거리를 따라 현장을 걷기도 할 만큼 제임스 조이스의 흔적을 좇는 건 더블린을 찾는 여행자의 필수 코스처럼 되어 있다. 그러나 내가 묵고 있는 호텔 뒷길의 고요한 성노도 한적한 구석기에 위치한 '제임스 조이스 센터'는 유심히 보지 않으면 그냥 지나칠 정도로 평범한 건물이었다. 그의 생가를 그대로 기념관으로 구성했기 때문이란다. 하지만 안으로 들어가보니 아일랜드 문학 박물관보다도 훨씬 고급스럽고 정리가 잘되어 있었다.

그가 세상에 이름을 낸 첫 작품은 『더블린 사람들』이었는데 더블린이라는 도시를 세계에 알리고 드러내는 데 이 소설만큼 크게 기여한 경우도 없다. 기념관에는 그의 흉상과 작품, 공연 포스터가 전시돼 있다. 콘서트에서 직접 노래를 부르기도 했을 정도로 음악을 좋아했다는데 그래서인지 1904년에는 더블린의 자랑인 애비극장을 세우는 데 큰 역할을 했다는 기록도 나온다.

2층으로 올라가는 오래된 창 너머로 지붕이 보이는데 『율리시스』를 낭독하는 소리가 열어놓은 창으로 음악처럼 나지막하게 울리며 퍼져나간다. 2층에는 피아노가 놓였고 넓은 홀에는 문학 콘퍼런스를 위한 용도인 듯 커다란 식탁이 자리한다.

다른 쪽에는 옛집을 그대로 꾸민 어둑하고 비좁은 방이 나오는데 작가의 소년 시절을 그대로 재현해놓았다. 양친과 함께 찍은 어린 시절의

작가 초상

작가는 글로 영원한 현존이다.

커다란 흑백사진과 방마다 있는 피아노, 벽에는 악보까지. 흡사 음악가의 집에 온 것 같다. 다시 아래쪽으로 내려와 벽난로 앞에 놓인 푹신하고 편안한 소파에 앉아본다.

탁자에는 일부러 그렇게 배치해놓은 듯 그의 책이 어지럽게 펼쳐져 있다. 그 위로 책 읽어주는 여인의 음성이 흘러나온다. 귀로 듣는 『율리시스』다. 그렇게 독일어로, 프랑스어로, 중국어로 읽음으로써 관람객들의 귀를 열어준다. 하지만 그곳에 머무르는 시간 동안 기다려도 한국어는 나오지 않아 아쉬웠다. 섭섭한 생각이 든다. 작가 본인도 서글프게 리듬을 넣어 책 읽어주기를 즐겼다고 하는데 어찌 보면 『율리시스』는 하나의 대하소설이자 문자로 이뤄진 거대한 악보라고도 할 수 있지 않을까 싶을 만치 음악적 리듬감과 함께 음악 얘기가 많이 나온다. 물론 부지기수의 음란한 대목도. 홀에 가득 퍼지는 낭독자의 목소리를 듣다보니 문득 "모든 예술은 음악의 상태를 지향한다"던 니체의 말이 생각난다. 그의 문학 역시 음악적인 비상을 하고 싶었을지 모른다. 3층에는 개인 공간을 완전하게 재현해놓았는데 여기에도 쓰다 만 듯한 원고가 펼쳐져 있다.

그는 제1차세계대전이 일어나던 해에 『율리시스』 집필을 시작했다고 한다. "전쟁이 일어났을 때 너는 무얼 했느냐" 하고 누군가 묻자 그는 『율리시스』를 쓰고 있었다고 당당히 대답했단다. 그만큼 자신이 하는 일에 자부심이 컸던 듯 싶다. 어쨌거나 이곳은 집이라는 공간에 한 생애를 압축하여 담아놓았다는 느낌이다. 2층 한쪽의 어둑하고 비좁은 그의 소년 시대의 방에서 걸어나와 1층 벽난로 앞 소파에서 파이프 담배를 문 노년의 작가 모습이 그대로 그려진다. 푹신한 소파에 앉아 있자니 금방이라도 왼편의 하얀 문을 열고 그가 나타날 것만 같다.

고국에 돌아오지 못하고 일평생 부랑하며 산 작가였지만 적어도 이 집에서만은 현존現存이었다. 그런 점에서 이 집 이름을 아무래도 완당 선생이 썼던 '귀로재歸老齋'로 불러봄직하다고 생각했다.

더블린의 관광 자원 『율리시스』

쿠바에서 체 게바라를 '굴뚝 없는 산업'이라고 일컫듯 아일랜드에서 제임스 조이스는 지식 산업 자원, 관광 자원이다. 특히 단 하루 동안 더블린에서 일어난 이야기를 담은 『율리시스』로 제임스 조이스는 문학의 금자탑을 쌓았다는 평가를 받고 불멸의 국민 영웅 반열에 오른다. 하지만 발표 당시만 해도 난해하고 난삽하고 음란하기까지 하다며 비평계와 학계, 종교계 할 것 없이 일제히 이 작품을 지탄했다. 게다가 아일랜드는 물론이고 영국, 독일 등지에서도 일제히 출판을 거부당해 1922년 파리의 서점 셰익스피어앤드컴퍼니에서 가까스로 출간됐다.

역설적이게도 생전 제임스 조이스를 유독 심하게 멸시하고 핍박한 곳은 아일랜드였다. 그래서 그는 어쩔 수 없이 조국을 떠나 프랑스, 영국 등지를 떠돌아야 했다. 아버지의 음주와 폭력, 실직에 따른 가난 등으로 청소년기를 방황하면서 열너댓 살 때부터 사창가를 드나들었다는데 그때의 통제하기 어려운 성적 욕망의 체험과 종교적 죄의식이 『율리시스』에 그대로 투사되었다는 얘기도 있다.

호텔에서 하녀로 일하던 노라 바너클을 만나면서 안정감을 얻었지만 고국에서 계속해서 그를 냉대하고 배척하자 결국 만년에는 스위스로 거처를 옮겼고 다시 더블린으로 돌아가지 못했다.

『율리시스』는 출간된 이후에도 이 년 동안이나 음란 출판물 소송이 이어지며 논란의 중심에 놓인다. 결국 초판 출간 후 십여 년이 지난 1934년에 미국에서, 1939년에는 런던에서 출판을 하게 됨으로써 비로소 문학적 승리를 얻는다.

제임스 조이스 센터 앞에서.

귀인이
　온다

외로운 사람끼리는
서로 손을 잡고
둥글게 원을 돌아보자.
가운데 모닥불을 피우고
달도 휘영청 떠오르면 좋지.

지구도 둥글고
달도 둥글고
우리네 삶도 그렇게 둥글둥글 돌아가면 좋겠어.
삶의 무거운 배낭일랑 내려놓고
폴짝폴짝
가볍게 뛰어보면 좋겠지.
관절에서 우두둑

비명이 들려와도

못 들은 척

폴짝폴짝.

우리가 그렇게 둥글게 돌고

가볍게 뛰는 연습을 하다보면

어느 날부터

사막도 풀밭인 양

가볍게 뛰는 연습을 할 때 살아보자 놀자.

그러니 둥글게 둥글게

폴짝폴짝

손잡고 원을 돌고

뛰어오르자.

우리 사는 일이

한마당 축제가 될 수 있도록.

내 어머니는 유대교 랍비 같은 분이었다. 그분이 평생 읽은 『성경』을 높이로 쌓아놓으면 돌배기 키만큼은 되지 않을까 싶다. 세상을 떠돌다가 가끔씩 고향집에 가서 어머니의 그 낡은 『성경』을 보면 한 사람의 인생 목적이 오직 저 책을 읽는 것이었나 싶을 정도였다. 그런 어머니가 구정 무렵이면 천연스럽게 『토정비결』을 좀 가져오라고 했다.

한숨을 쉬며 금년 운수가 도대체 어떻게 흘러갈지나 좀 보자는 것이었다. 어린 나이였지만, 이 앞뒤 안 맞는 태도에 속으로 실소하곤 했다. 내가 책을 펼쳐 "오는 삼월에는 동방에서 귀인이 와서 도움을 준다는데요?" 하면 "작년엔 남방에서 온다고 하더니……" 하며 "덮어라 다 헛소리야" 그러고는 다시 『성경』으로 돌아가셨다.

『토정비결』. 너무도 곤궁한 삶에 시달리는 조선 백성들의 모습을 보면서 석학 이지함이 쓴 것이었다. 음력 정월부터 섣달 그믐까지 사람들의 운수를 길흉화복에 따라 하이쿠 같은 짧은 시로 서술한 책이다. "동쪽이나 서쪽에서 귀인이 찾아온다"거나 "가을이 되기 전 힘든 일이 다 풀려나간다" "봄바람 불어 얼음이 녹고 꽃이 피리라"는 식의 애매모호한 4언 3구 시는 결국 힘든 삶이 해결되어 좋은 날이 오리라는 위로로 끝맺는다.

생명의 노래-환희
인생은 영혼의 햇살을 온몸으로 받아내는 기쁨의 슈가이다

평생 『성경』만 의지하던 내 어머니가 『토정비결』에 솔깃해한 것은 의외였다. 하긴 인도 콜카타에서 주님의 이름으로 빈자들을 섬겼던 수녀 마더 테레사마저 '과연 하느님은 계신가' 하는 무서운 생각이 고개를 드는 때가 있다고 고백했던 판에, 일찍 남편 떠나보내고 홀로 자식들 건사하는 아녀자로서 오죽했겠는가. 때때로 하느님은 전능하시지만 너무 멀리 계셨다. 그러니 땅의 삶은 홀로 힘들어질 때, 금년 운세는 또 어떻게 풀려갈지 왜 아니 궁금했겠는가.

『율리시스』는 어떤 면에서 비밀번스식에게는 『토정비결』 같은 책이 아니었을까 싶다. 이 소설은 주인공들이 더블린에서 딱 하루 동안 겪는 일을 담은 이야기다. (보다 정확히 말하자면 1904년 6월 16일 아침 8시부터 다음날 새벽 2시까지 겪는 일이다.) 우리 삶이 알 수 없는 우연과 운명으로 뒤얽혀 있음을 장장 700쪽이 넘는 분량으로 보여준다. 그때까지의 문학엄숙주의와 결별했음은 물론이고 문학 서사의 틀 또한 완전히 바꿔버렸다. 구성이 의식의 흐름, 신화와 과거, 현재와 미래가 뒤엉킨데다 내용이 지나치게 외설적이고 부도덕하다는 이유로 영국은 물론 미국에서까지도 한동안 금서였다.

『토정비결』을 쓴 이지함 역시 선비이자 행정관료였지만 자신과 가문을 둘러싼 파란만장한 운명을 보면서 알 수 없는 제삼의 힘에 의해 인생의 행로가 이끌려간다고 생각했을 터이다. 그랬기에 자신이 공부한 역리학을 바탕으로 연작시 형태로 글을 썼던 것이다. 요설로 사람들을 미혹시킨다 하여 『토정비결』 역시 한때 금서였다. 물론 『율리시스』에 『토정비결』을 얹혀 보는 내 상상력이야말로 황당한 이야기다. 하지만 현실의 불가해함을 풀어나가는 서술 방법에 있어서만은 두 책이 유사하다.

사실『율리시스』의 근원은『토정비결』이 아닌 호메로스의『오디세이아』라는 것이 정설이다. 18장의 이야기와 삽화를 넣는 형식까지『오디세이아』를 방불케 한다. 그러나 마치 미궁에 들어선 듯한 그 난해함과 은유의 구조는『오디세이아』를 뛰어넘는다. 오죽하면 작가 자신도 이렇게 말했단다. "그 책 속에 너무도 많은 수수께끼와 퀴즈를 감춰두었기에 앞으로 수세기 동안 대학 교수들은 내가 뜻하는 바 때문에 왈가왈부하느라 바쁠 것이다. 이것만이 나의 불멸을 보장하는 유일한 길이다."

객쩍은 서사가 길어졌다. 더블린에 와서 안 사실인데 매년 6월 16일은 다른 세상에는 없는 그들만의 날이 있단다. 어느 쪽에서 귀인이 온다는『토정비결』처럼 그 도시에 귀인이 오는 축제 날이 있다는 것. 그 귀인의 이름은 '블룸Bloom'.『율리시스』주인공 이름이다. 상상 속 인물이 그날만은 현존으로 나타나 축제의 주인공이 된다. 그런데 6월 16일은 제임스 조이스가 아내 노라 바너클과 첫 데이트를 한 날이기도 했단다. 그는 호텔 청소부로 곤고한 삶을 보냈던 아내를 소설 속 주인공 모습과 겹쳐놓았다. 타지마할을 지어 아내에게 헌정했던 옛 인도 무굴제국의 샤자한 황제처럼, 그는 하얀 대리석 아닌 검은 펜글씨로 아내에게 블룸이라는 이름을 헌정했다.

축제의 날, 거리로 몰려나온 인파는 소설 속 주인공 리어폴드 블룸과 마리언 블룸처럼 옷을 입고 그들이 걸었던 코스를 따라 순례를 시작한다. 더블린 사람들뿐 아니라 세계 각처에서 조이스와『율리시스』마니아들이 모여들고 각종 문학 포럼이나 부대 행사가 함께 펼쳐진다. 마치 바그너의 업적을 기념하는 바이로이트 음악제처럼, 우리나라 남원의 춘향제처럼 한 예술가와 그가 만든 예술작품 속 인물을 기리며 그날 하루 고단한 삶을 내려놓는다.

아일랜드는 세계사에 드물게 수난의 역사를 가진 곳이다. 그리고 대체로 핍절한 역사를 가진 나라나 민족은 이야기로 애환을 풀어낸다. 우리나라의 판소리가 그러하듯 이야기의 서사구조에 삶의 가락을 얹어 흘러가게 한다. 그런 면에서 아일랜드는 우리와 너무도 흡사하다. 그 땅에 내리자마자 알 수 없이 편안해지며 기시감 같은 것이 나를 잡아끄는 듯했는데 어쩌면 그런 친밀감 때문이었을 터이다.

해가 뜨고 날이 지고 바람이 불듯 그렇게 세월는 신나. 이_ 이구끔하던 일 놓고 착하게 손잡고 원무를 도는 일, 그것이 축제일 것이다. 마음의 빗장을 열고 서로의 이름을 묻지 않으며 둥글게 둥글게 그렇게 돌아가는 것. 그래서 축제는 인생이 영혼의 햇살을 초대하여 온몸으로 받아내는 기쁨의 놀이가 된다. 그 순간 지상의 청소부 노라 바너클도 하늘로 비상하는 마리언 블룸이 되는 것이리라.

시인 윤동주는 일찍이 「내일은 없다」라는 시에서 '내일은 없다'고, 내일은 밤을 자고 동틀 때가 아니라고 말한 바 있다. 그렇다. 내일은 없거나 불확실하다. 그러기에 축제는 지금 당장 이곳에서 필요하다. 가장 좋은 것은, 속절없이 지나가는 우리 삶의 매 순간이 '블룸의 날'이 되게 하는 일이리라. 아일랜드 국민 축제가 내게 가르쳐준 것이다.

일 년에 단 하루, 블룸의 날

제임스 조이스는 훗날 부인이 된 노라 바너클과 1904년 6월 16일 첫 데이드를 한다. 그는 이날에 큰 의미를 부여해 『율리시스』의 시간적 배경을 자신의 첫 데이트와 똑같은 날인 1904년 6월 16일로 정했다. 『율리시스』는 단 하루 동안 리어폴드 블룸을 중심으로 여러 등장인물이 오전 8시부터 다음날 새벽 2시까지 18시간 동안 더블린에서 겪는 여러 가지 에피소드를 모은 작품이니만큼 책 속에서도 특별한 날로 기억된다.

'블룸의 날' 행사는 1954년 시작됐는데 처음에는 몇몇 작가가 마차를 타고 책에 등장하는 장소를 방문하는 정도로 이뤄졌다. 이후 점차 인기를 끌어 매년 6월 16일이면 조이스 연구자들과 독자들이 더블린을 찾는다. 이들은 당시 유행하던 옷으로 차려입고 소설 속 블룸이 방문한 병원, 도서관, 펍, 학교 등을 방문하고 그가 먹었던 음식을 먹는 등 일종의 '성지순례'를 진행한다. 당일뿐 아니라 대개 일주일 전부터 『율리시스』를 소재로 한 영화를 상영하거나 전시회, 낭독회, 학술대회 등을 개최하며 다양한 행사가 펼쳐진다. 2004년은 1904년으로부터 백 주년이라 하여 이를 기념해 수개월 동안 축제와 행사가 이어지기도 했다.

'블룸의 날'
홈페이지: http://www.bloomsdayfestival.ie/

나는 욕망한다,
내게 금지된 것을

나는 허령(虛靈)하게 땅을 걷고 있다.

정처 없이 사막을 걷고

시퍼런 물살을 내려다보며 벼랑 위를 걷는다.

인생이 위태롭다.

마음에는 굶주린 늑대 울음소리.

어디선가 들리는 물소리 바람 소리로는 위로가 되지 못한다.

고개 들어 천 개의 별을 바라보지만

별은 천공에 묶여 있고

나는 여기에 홀로 내팽개쳐져 있다.

밤에 돌아오면 램프 불을 켜고

기억의 부스러기로

문자의 부호를 맞추어가보지만

그것들이 이 영혼의 허기를 채워줄 리 없다.

오호라, 나는 곤고한 자.

복화술을 하듯 내 입술은 끝없이 움직이는데

손은 엉뚱하게 받아적고

육체의 욕망은 다른 쪽을 본다.

빛이여, 떠오르는 태양이여.

이만큼에서 이제 그만 어둠을 몰아내다오.

내 온몸을 그 빛에 헹구어내다오.

시나온 이빨로 물어뜯는 욕망을 살쳐워다오.

한사코 내 뒤를 따라오는 그림자,

옷소매를 움켜쥐는 어둠을 쫓아다오.

그리하여 오늘이라도 연약한 마음을 빠져나온

다른 마음이 울부짖는 늑대가 사는 쪽으로 가지 않게 해다오.

오오, 빛이여.

내겐 너무 가난한 빛이여.

—

인생은 결국 잘해야 한두 줄의 문장으로 기억된다. 평생 글을 쓴 고인이라고 다르지 않다. 괴테는 자기의 명성과 생애를 "운명이 내게 베풀어준 따뜻한 선의의 조각일 뿐"이라고 겸손하게 정의했다. 노벨문학상을 받은 아일랜드의 극작가 버나드 쇼는 죽음의 발소리가 들려올 때 묘비명에 써달라며 그 유명한 한 줄을 남겼다. "우물쭈물하다가 이럴 줄 알았지." 가장 명료하고 벼락 같은 한마디는 십자가상의 예수가 한 말이 아닐까. "다 이루었다."

한 생애를 몇 글자 언어의 부표로 띄울 수 있다는 것. 그리하여 육체는 사라져도 그 언어의 '밈'이 수없이 복제되며 생명 현상을 이어간다는 것. 사라져가는 인생이 영원한 시간 위에 지문 하나를 남길 수 있다는 점에서 그나마 작은 위로가 될 수도 있겠다. 자, 그 토해낸 말과 글로 오늘날까지 셀럽으로 인정받는 오스카 와일드의 경우는 어땠을까.

"나는 유혹을 제외하고는 모든 것에 저항할 수 있다." 그렇다면 그가 번번이 무릎을 꿇고 말았다는 유혹의 정체는 무엇이었을까. 사람들은 성性 문제, 그중에서도 동성애 문제가 아니었을까 추정한다. 작가로 우레 같은 명성을 얻었던 그가 동성애로 투옥까지 되면서 그야말로 '날개도 없이' 바닥으로 추락해 내팽개쳐졌으니까. 그의 아버지 역시 기사

오스카 와일드 우화

한 시대를 풍미한 오스카 와일드는 여전히 현존하고 있다.

작위까지 받은 저명한 의사였지만 동료의 딸을 성폭행했다는 혐의로 재판에 넘겨졌으니 성 문제는 어찌 보면 재능 많은 이 집안의 최대 복병이었던 셈이다.

그럼에도 그의 작가적 자존감만은 늘 충천해 있었다. 미국에 초청 강연을 갔을 때 신고할 물품이 없느냐고 세관원이 질문하자 그가 대답했다는 그 유명한 한마디. "없소, 내 천재성밖에는." 작가적 태도 또한 철저했던 것 같다. "모든 것을 견딜 수 있다. 단 하나 미스 프린트를 제외하고는."

그의 동상이 있다는 메리언스퀘어공원을 찾아가면서 생각해본다. 떠난 지 한 세기를 훌쩍 넘어선 과거의 작가인 오스카 와일드를 둘러싼 팬덤은 왜 아직도 그 열기가 식지 않고 이어지는 것일까.

몇 가지 이유가 있을 것이다. 명문 옥스퍼드대 출신의 잘생긴 외모와 뛰어난 패션 감각. 무엇보다 유럽 전역은 물론 미국 대륙에까지 알려진 『도리언 그레이의 초상』 같은 대히트작과 그에 따른 아우라. 거기에 사교계의 총아가 될 만큼의 박식한 교양과 능란한 화술, 이제는 어록이 되어 회자될 정도의 말과 글 같은 부분 때문이었을 것이다.

위대한 생애도 뛰어난 문호도 최종적으로는 한두 줄의 글로 남겨질 뿐이라는 말도 그에게만은 해당되지 않는 듯하다. 전광석화 같은 멘트를 그만큼 순발력 있게 날린 작가도 문학사에는 없지 싶을 정도니까.

수많은 선남선녀의 작업용 멘트로도 인용되었다는, '사랑'에 관해 그가 남긴 말들을 보자. "쾌락은 사랑을 감추지만 고통은 사랑의 본질을 드러내준다" "사랑에 빠진 사람의 결심은 사월의 소나기 같지" "사랑은 상상력을 먹고 자라지. 우리는 상상력에 의해 우리가 생각하는 것보다 더 현명해지고, 우리가 느끼는 것보다 더 나아지고, 지금의 우리보다 더 고귀해질 수 있어" "아! 기쁨의 비가 내리던 그 모든 여름날 그대가 나를 덜 좋아하고 더 사랑했더라면 지금쯤 나는 슬픔의 상속인이 아니었을 텐데" "나는 사랑하고, 사랑받아야만 하는 사람이야. 그로 인해 어떤 대가를 치르더라도 말이지."

그러잖아도 그를 흠모하던 여성들은 살강, 와인잔을 부딪치며 이런 대화를 나눌 때 그가 쳐놓은 보이지 않는 그물망에 갇혀 꼼짝 못하는 포로가 되어버렸다. 이런저런 객쩍은 생각을 하며 조지아 양식 주택가에 위치한 오스카 와일드 생가를 들렀다가 길을 건너 메리언스퀘어공원으로 들어선다.

커다란 바위 위에 붉은 컬러 초록 재킷에 다분히 비도덕적인 자세로 비스듬이 발 벌리고 앉아 있는 그의 동상. "아주 도덕적인 태도는 건강이나 행복에 별 도움이 되지 않는다"는 멘트를 생각나게 하는 포즈다. "선행은 복숭아의 달콤함, 악행은 복숭아의 맛있는 풍미인 청산 한 방울."

그러나 어쩌랴, 지금도 무수한 여성이 이 다분히 악마적이고 퇴폐적인 잘생긴 작가를 찾아와 동상 여기저기 립스틱 자국을 묻혀놓고 가는 상황이니. 공원은 말이 공원이지 그냥 한 작가에게 헌정된 정원과 같았다. 더구나 그 맞은편에 어릴 적 그가 살았다는 집을 그대로 보존해두고 있으니 그의 수많은 말과 함께 그 이름을 현존으로 남겨두는 셈이다. 이 또한 무서운 언어유전자 '밈'의 위력이다.

생가와 공원을 떠나면서 거리를 걷는데 간혹 그의 포스터가 보인다. 지나치는 서점 유리창에도, 극장 입간판에도, 심지어 카페에도. 특별히 셀럽 오스카 와일드의 동네여서일 것이다. 출옥한 후 고국에서 영구 추방되어 다시는 돌아오지 못한데다가 겨우 사십대 중반의 나이에 세상을 떠났지만 지상에서 이미 천국과 지옥을 다 경험했던 오스카 와일드. 마지막에는 파리의 한 허름한 호텔에 몰래 방 한 칸을 얻어 들어가 거기서 홀로 죽어갔던 비운의 작가. 가장 어렵던 시절에도 잘 빼입고 거리에 나가서 그를 알아보는 사람을 만나면 당당한 태도로 "나 오스카 와일드요. 돈 있으면 좀 주시오" 했다는 사람. 그의 소설이 실제 삶을 따라잡지 못했을 만큼 극적으로 살다 간 작가이자 살아서 이미 신화와 전설이 된 사람.

죽음의 길은 외롭고 쓸쓸하게 보냈지만 꽃을 들고 찾아오는 숭배의 행렬은 아직도 계속되고 있으니 그는 아예 죽지 않았다고 하는 편이 나을지 모르겠다.

유미주의의 대표 주자, 오스카 와일드

드라마틱하고 심볼 같은 삶을 실다 간 오스카 와일드. 19세기 말 유미주의를 대표하는 작가지만 제임스 조이스나 사뮈엘 베케트 같은 작가에 비해 어쩐지 아일랜드에서는 서자 취급을 받는 듯했다. 뭐랄까. 고향에서 추방된 이교도처럼 오스카 와일드라는 이름은 겉돌고 있었다. 사실 그는 명문 트리니티칼리지를 졸업한데다 그의 부친은 더블린대 교수였고 어머니도 시인으로 이름을 날렸으니 아일랜드의 문학 적통을 이어받은 작가인 셈이다. 하지만 아일랜드에서 유독 그의 이름은 변방에 놓인다. 무릇 예술가건 학자건 종교인이건 고향에서 인정받기린 어려운 법이다.

어쨌거나 오스카 와일드라는 이름은 분명 아일랜드에 뿌리를 뒀으며 그 문학의 자양분도 바로 그 땅에서부터 올라온 것도 사실이다. 그는 트리니티칼리지 졸업 후 런던으로 와서 옥스퍼드대에 입학했고 재학중 시로 '뉴디기트'라는 유명 문학상을 받기도 했다. 어쩌면 그의 이름이 제대로 평가받고 떠오른 것은 고향 더블린을 떠나면서부터였을 것이다. 우리 식으로 얘기하자면 역마살을 타고 났다고나 할까.

서른 살도 되기 전. 당시에는 이례적으로 뉴욕으로 건너간 그는 집필보다는 강연으로 유럽 문화를 미국에 알렸다. 그러면서 젊은 지성인으로 주목받았다. 그후 다시 파리로 건너 와서 여러 문인, 화가와 교유하면서 문화사교계에서 이

름을 떨친다. 수려한 외모와 뛰어난 패션감각의 덕도 봤을 것이다. 거기에다가
유려한 레토릭의 언변까지 갖췄으니 금상첨화다.

　서른다섯이 되던 해 『도리언 그레이의 초상』을 발표해 문학적으로 성공을 거
둔 동시에 그 이름에 심각한 흠집을 내게 된다. 미남 청년 도리언 그레이가 쾌락
에 중독된 나날을 보내다가 자멸한다는 내용은 장차 진행될 작가의 삶을 보여
주는 자전적 예표처럼 작용했다. 파리에서 소설, 희곡, 시, 예술비평 등 전방위
적으로 문필 활동을 펼치면서 늘 팬들의 열광에 둘러싸였지만 그의 가슴속에는
심연과 같은 공허와 알 수 없는 두려움, 그리고 허무투의가 지리깁았다.

　『도리언 그레이의 초상』이 출판되고 삼 년 후 고통과 환희, 절망과 쾌락이 뒤
범벅된 시극 <살로메>를 프랑스어로 발표했는데 이 역시 비상한 주목을 받으
면서 런던에서도 출판되었다. 그런데 이 생의 정점에서 그는 마치 소설 속 도리
언 그레이처럼 스스로 파멸의 길을 택한다. 미성년자와의 동성애라는 당시로서
는 충격적인 혐의로 기소되어 이 년 동안 교도소에 수감된다. 이 사건으로 그를
선망하던 작가 지망생들은 비탄에 잠겼고, 그를 흠모하던 수많은 여성 팬은 대
경실색했다. 특히 청교도 문화가 짙
게 깔린 그의 조국 아일랜드 사람들
은 수치심에 분노했다. 성공의 정점
에서 다른 누구에 의해서도 아닌 스
스로의 힘으로 자신을 파멸시킨
것. 그야말로 '나는 나를 파괴할 권
리가 있다'고 선언이라도 하듯이 그
는 자신을 침몰시켰다.

　1897년 1월 어느 추운 날, 출옥한
후 틀어박혀 쓴 『옥중기』를 출간하

나 반응은 냉담했다. 결국 고향 더블린은 물론이고 제2의 고향 런던으로도 돌아가지 못한 그는 파리의 허름한 호텔에 지친 몸을 누인다. 그렇게 은둔하면서 재기를 꿈꾸었지만 결국 일어서지 못한 채 생을 마무리한다. 그리고 그 시신마저 고향으로 돌아가지 못한 채 파리 교외의 공동묘지 페르 라세즈에 묻혔다.

문학 사이의
빛과 색

따지고 보면 사실

사람이라는 존재

석양에 나무 사이에 서 있다가

아침에 햇빛이 그 나무에 닿기도 전에

사라져 흔적 없는

그림자 같은 존재.

견고함이라고는 없는

연약한 식물.

보이다 지워지고

나타났다 사라지는

그래서 쓸쓸한

다만 연민의 존재.

스스로 복제해 시간의 강을 건너서도

불멸의 존재로 남겨지기를 꿈꾸는 그에게

신이 쥐여준 것은

붓 한 자루와 연필 한 자루 그리고 끌과 망치.

쓰고 그리고 쪼아서

그리하여 시간과 겨루어보려 하는 안간힘.

세상의 모든 문학과 그림과 조각이란

그렇게 해서 생겨난

몸짓이 아닌지.

그 이건희 전 삼성그룹 회장이 생전에 수집한 '이건희 컬렉션'이 공개되면서 이제 한국의 한 기업가는 그 이름을 세계적 미술품 소장가 반열에도 올렸다. 이 계통에서 가장 유명한 인물은 미국의 기업가이자 자선 사업가 솔로몬 R. 구겐하임일 것이다. 뉴욕 구겐하임 미술관은 건축가 프랭크 로이드 라이트의 작품으로 뉴욕의 랜드마크가 되었다. 티타늄으로 외벽을 설치 미술처럼 두른 스페인의 빌바오 미술관은 프랭크 게리의 이름과 함께 작은 공업도시 빌바오를 별처럼 떠오르게 했다. 금속 티타늄이 저녁 노을을 받으면 미술관 앞으로 흐르는 네르비온강은 일제히 그 빛을 반사하면서 황금색 물결을 이루는데 미술관의 컬렉션은 차치하고, 이 한 장면만으로도 관광객은 잊지 못할 감동을 안고 돌아간다. 인구 삼십만 남짓한 도시에 연 백만 명이 넘는 관광객이 오늘도 이 미술관 하나를 보기 위해 먼길 마다않고 몰려오고 이 흐름은 갈수록 더할 거라는 예상이다. 그러고 보면 아름다움에 대한 허기와 갈증을 채우는 일도 사람에게는 절실한 일인 것 같다.

이미 크고 작은 미술관이 일만 개를 훌쩍 넘어선 일본은 아시아에서 미술품 수집에 가장 먼저 눈뜬 경우이다. 구라시키 지역의 기업가이자 수집가 오하라 마고사부로는 일본 최초의 사립미술관 구라시키 오하라

서 있는 남자
단독자로 서 있는 휴 레인이라는 기둥.

미술관을 세워 고갱, 모네, 마티스, 피카소 같은 서양 근대 화가의 작품을 모아뒀다. 일본 남쪽의 한 작은 도시는 이제 그가 세운 미술관 하나 때문에 전 세계인이 찾는 명소로 자리잡았다. 내가 갔을 때에는 유독 서양인 관람객이 많아서 인상적이었다.

그런가 하면 러시아에는 평생 모은 자신의 소장품을 모두 나라에 내놓아 미술관을 세운 파벨 미하일로비치 트레티야코프가 있다. 그의 이름을 따서 1856년 모스크바에 문을 연 트레티야코프 미술관은 상트페테르부르크의 에르미타시 미술관과 겨룰 만한 컬렉션으로 이름이 높은데 특히 러시아 정체성을 담은 일리야 레핀의 전시실이 압권이다. 1994년, 러시아가 최악의 경제난에 처했을 때도 빵집 못지않게 트레티야코프 미술관 앞에는 늘 관람객이 길게 줄을 늘어서 있곤 했다. 매서운 추위로 꽁꽁 얼어붙은 날, 나 역시 그 아름다움의 순례객 속에 끼어 한 시간 이상 줄을 선 기억이 있다.

서설이 길었지만, 문학의 도시 더블린에는 휴 레인이라는 이름이 남아 있다. 휴 레인, 살아서 이미 전설이 된 남자다. 아일랜드 태생의 이 아트 컬렉터 겸 딜러는 20세기 초, 전 유럽에서 가장 왕성하게 그림을 모으고 거래했다. 사십여 년이라는 짧은 생을 살고 간 사람이었지만 그가 생전에 모은 미술품은 그 수준이나 양적인 면에서 경이로울 정도였다. 그는 미술품과 사랑에 빠져 산 사람이었다.

미국의 한 저명한 미술사가는 미술품 수집을 두고 사랑에 빠지는 일과 너무도 비슷하다고 설명한 바 있는데 페기 구겐하임과 함께 휴 레인이야말로 그런 모습을 대표적으로 보여주지 않았나 싶다. 사랑에 빠지면 자아의 경계가 무너지거나 상대방에게 흡수돼버리는 황홀경을 체험하는데, 미술품을 수집할 때도 이와 동일한 현상이 나타난다는 것이다.

멀리 갈 것도 없이 우리나라의 간송 전형필이나 수정 박병래 같은 이의 우리 문화재 사랑이 그런 경우일 것이다. 책과의 인연으로 수십 년 만에 다시 만난 원로 화가이자 우리 민화 수집가 우담 이영수 교수의 민화 사랑 역시 마찬가지다. "일찍부터 민화와 막무가내식 사랑에 빠져버렸다"는 본인의 고백처럼 어린 시절 집에 걸린 까치 호랑이 그림 한 점이 인연이 되어 열세 살 때부터 민화를 모으기 시작했다는 것. 그렇게 팔십 평생 모은 자신의 소장품만으로 무려 사십여 권에 이르는 책을 만들었고, 지금도 그의 소장품을 책으로 만드는 작업이 계속된다 하니 놀라운 일이 아닐 수 없다.

휴 레인 역시 돈을 싸짊어지고 전 유럽을 훑어내며 미술품 수집에 열을 올렸는데 뜻밖에도 그의 생명 시계가 사십대라는 한창나이에 멈추면서 그의 미술품 수집도 막을 내린다. 그런데 그가 죽기 전 자신의 모든 소장품을 조국 아일랜드가 아닌 영국에 바치겠다는 유언을 남기자 아일랜드인들은 말할 수 없이 큰 충격을 받고 상심에 빠졌다. 왜 그랬던 것일까. 자신의 소장품을 빛내기 위해서는 더블린보다는 런던이 낫다고 생각했기 때문이 아니었을까 싶다. 영국과 아일랜드 간의 길고 긴 갈등 끝에 소장품 중 상당수가 아일랜드로 돌아왔고, 그 작품들로 세워진 공간이 바로 그의 이름을 딴 시립 휴 레인 미술관이다.

하지만 정작 이 미술관이 유명해진 건 다른 이유 때문이다. 미술관 안에 화가 프랜시스 베이컨의 작업실을 그대로 재현해놓은 것. 20세기 영국을 대표하는 화가로 알려졌지만 그의 생생한 숨결은 런던이 아닌 더블린의 휴 레인 미술관에 담겨 있다. 그의 상속인이었던 존 에드워드가 그의 많은 작품을 휴 레인 미술관 쪽으로 넘기면서 생전의 런던 작업실까지 그 미술관에 재현해놓기를 원했기 때문이란다. 미술평론가와 화가. 심지어 고고학자까지 동원돼 장장 삼 년에 걸쳐 구성한 프랜시스 베이컨의 작업실은 평소 청소를 안 해 수북하던 먼지까지도 그대로 옮겨왔다고 하니 그 치밀함을 짐작할 수 있겠다. 사람은 떠났어도 그의 예술적 밈은 그곳에서 끝없이 확대, 재생산되고 있는 셈이다.

휴 레인 미술관은 이 세계 문학의 수도 더블린에서 미술 쪽 단독자로서 있다. 그만큼 소중한 장소인데 더블린 여행자가 건너뛰기 쉬운, 그러나 꼭 한 번 가보기를 추천하고 싶은 곳이다.

미술품 수집과 사랑에 빠지는 일

뉴욕의 유명 화랑인 노들러갤러리에서 약 이십 년간 60여 점의 위작을 판매했
는데 이 작품이 사실은 화가이자 수학 교수였던 첸 페이션의 작품으로 알려지
며 미술계가 발칵 뒤집힌 사건이 있었다. 작품을 유통한 노들러갤러리도, 여기
서 작품을 구매한 컬렉터나 대형 미술관도 모두 속아넘어갔다. 미국의 저명한
미술품 과학분석가인 제프리 테일러는 미술품 수집은 사랑에 빠지는 일과 같아
서 결점을 못 본 척하고 너그럽게 봐줘서 그런 일이 벌어졌다고 풀이했다.

사랑에 빠져 황홀한 연애 상태일 때는 그 대상 앞에 절로 무릎을 꿇고 싶어지
고 따라서 상대방의 단점이 눈에 들어오지 않는다. 혹시 그런 부분이 보여도 그
냥 모른 척하는 현상이 발생하는데 그러한 과정과 닮았다는 것이다. 그래서 심
미안을 가진 전문가 집단의 검증을 거쳐 모인 세계적인 미술관의 소장품 중에
서도 왕왕 가짜 소동이 생긴다. 남북전쟁과 양차세계대전을 거치면서도 살아남
았던 노들러갤러리는 결국 이 위작 사건 이후 문을 닫았다. 넷플릭스 다큐멘터
리 <당신의 눈을 속이다: 세기의 미술품 위조 사건>에서 그 전말을 확인해볼
수 있다.

고도는 아직도
　돌아오지 않는데

연극의 막이 오르면 어둠 속에서 홀로
가슴이 뛰었지.
종이에서 튀어나와
물에서 막 잡아올린 생선들처럼
퍼덕이는 말들이여.
그 살아 있음의 기쁨이여.
그 슬픔마저 눈부심이여.

애비극장 앞에서
내 청년은 시들지 않고
말들은 다시 떠오르기 시작하네.

달려라 나의 말들.

길 양쪽으로 갈라서는
나무들 사이로
그렇게 바람을 가르며
솟구치고 혹은 떠오르는
나의 말들이여.

내 젊은 날의
잃어버린 지도를 따라
꿈결인 듯 찾아온
애비극장.

드디어 더블린 애비극장에 왔다. 자기 바믄긴을 빤믄했으 때 짓 느깨지럼 이 역사적 장소 역시 지나치게 소박하다. 아일랜드 문예 부흥의 거점이자 민족 운동의 현장이기도 하다는데도 에둘러 그 의미는 가린 듯하고 자칫 모르고 지나쳤을 만큼 평범했다. 하지만 사실 이곳은 아일랜드 국민 연극의 메카이자 비밀결사 같은 곳. 시민들은 이 극장에서 공연되는 윌리엄 예이츠나 오거스타 그레고리, 존 M. 싱 등 자국 극작가들의 연극을 보면서 '우리는 누구이며 어디로 갈 것인가, 우리가 지켜야 할 민족적 자존과 가치는 무엇인가'를 되새기곤 했다.

말하자면 애비극장은 우리로 치면 3·1 만세 운동이 일어난 아우내 장터 같은 곳이라고나 해야 할지 모르겠다. 아일랜드가 영국으로부터 완전히 독립하기 위해서는 무엇보다 정체성 확인 과정이 필요했을 터이다. 애비극장에서는 의도적으로 아일랜드 민족주의 계열 극작가의 작품을 자주 무대에 올렸고 그만큼 그 계열의 희곡작품 또한 활발하게 생산됐다.

같은 문학작품이라 해도 희곡은 소설과 사뭇 다르다. 소설이 눈으로 읽는 작품이라면 희곡은 소리로 듣는 문학이다. 소설이 혼자 밀실의 공방에서 생산되는 수공업 장인의 그 무엇과 같은 것이라면, 희곡은 그

생명의 노래
애비극장에서 활자는 살아서 생동감을 띠며 움직인다.

과정은 같다 하더라도 펼쳐지고 공감을 얻는 데 장소의 제약을 받는다. 따라서 극장이 열악한 지역에서는 희곡문학이 꽃필 수 없다.

그뿐만 아니라 같은 문학이라 해도 희곡은 배우의 생생한 동작과 함께 소리를 통해 나왔을 때 전혀 다른 울림을 준다. 작가의 손을 떠나는 순간 집단예술이 된다. 따라서 그 문자의 성격 또한 달라진다. 마치 어부가 바다에서 갓 잡아올린 퍼덕이는 생선처럼 활자는 살아서 생동감을 띤다. 따라서 글이 소리로 재탄생될 공간, 즉 무대는 절대적으로 필요하며 아무리 뛰어난 희곡이 쓰인다 해도 소리의 형태로 관심 개개 관객에게 들려줄 무대가 없다면 사산아가 될 수밖에 없다.

1904년에 이 애비극장이 세워지지 않았더라면 세계 연극을 이끌었던 아일랜드의 근대 연극 융성의 역사 또한 생겨나지 못했을지도 모른다. 그리고 어쩌면 희곡 분야로 노벨문학상 작가를 배출하지 못했을지도 모른다.

처음 이 극장에 작품이 올려진 뒤로 세계로 팔려나가면서 사뮈엘 베케트라는 작가에게 벼락 같은 영광을 몰아다준 것이 참을 수 없이 지루하고 난해한 그의 작품 『고도를 기다리며』였다. (그 창작집의 초판본은 극장에서 멀지 않은 더블린 작가 박물관에 보존돼 있었다.)

대학 시절 연극 〈고도를 기다리며〉 포스터를 처음 봤을 때는 고도를 고도孤島로 잘못 이해했었다. 아직 사뮈엘 베케트도, 그의 작품도 알지 못하던 때여서 속으로 '외로운 섬을 기다린다고? 이렇게 멋진 표현이 있다니' 싶었다. 그러나 막이 오르고 "고도는 언제 오나?"라는 식으로 두 남자가 주고받는 대사가 시작되면서 비로소 '고도'가 '외로운 섬'이 아닌 누군가의 이름임을 알게 되었다. 더구나 고도라는 이름의 그 사내는 연극이 끝날 때까지 나타나지도 않았다. 불친절하고 관객 모독이었다.

런던에서 더블린행 비행기를 타면서 〈고도를 기다리며〉가 초연된 애비극장에 갈 생각에 설렜다. 청년 시절 연극에 빠져 정신 못 차릴 때 애비극장 이름을 많이 듣기도 했고 그때 밋밋한 절벽처럼 생긴 무인武人 같은 이미지의 사뮈엘 베케트 사진도 처음 보았기 때문이다. 더블린이 가까워지면서 그 옛날 본 그 〈고도를 기다리며〉의 그 폭력처럼 느껴지던 지루함과 작가의 절벽 같은 분위기의 얼굴이 함께 겹쳤다.

세월이 많이 흐른 뒤 명동예술극장에서 그 고도를 다시 만났지만 역시나 해체주의 철학자 자크 데리다의 책장만큼이나 넘기기 어렵고 지루했다. 그토록 대중성 없고 미궁 같기만 하던 희곡이 더블린의 이 애비극장에서는 큰 성공을 거뒀다니 놀라운 일이 아닐 수 없었다.

연극 인구의 저변이 그만큼 넓었다는 이야기인데 실제 현장에서도 이를 확인할 수 있었다. 한낮인데도 매표소 앞에는 꽤 많은 사람이 몰려 있었던 것. 그러고 보니 거리에서 영화관은 좀체 보기 어려웠는데, 자그마한 극장 간판은 간간이 눈에 띄었다. 확실히 연극 도시라 할 만했다.

연극. 빠져들어가본 자는 안다. 헤어나오기가 얼마나 어려운지를. 나는 이십대 후반에서 삼십대 문턱을 오르기까지 수년간 거의 연극 동네에서 살다시피 했다. 고인이 된 녹번동의 영문학자 여석기 교수 댁에서 일주일에 한 번씩 극작 워크숍이 열렸는데 열심 당원처럼 거르지 않고 그 모임에 참석했다. 거의 모두가 극작가 지망생이거나 피디였는데 미대생인 나는 어쩌자고 그토록 열심을 내었던 것일까. 말할 것도 없이 내가 쓴 작품이 연출가와 배우에 의해 무대에 올려졌을 때의 그 설렘과 흥분 때문이었다.

객석의 어둠 속에 앉아 불빛 떨어지는 무대를 바라볼 때의 그 흥분이란 무엇으로도 설명되지 않는다. 서울 용산과 신촌의 소극장에서 시작해 드디어 내 작품이 국립극장 무대에까지 올려지자 얼핏 '이 동네를 못 벗어나겠구나' 하는 예감 같은 것이 들 정도였다. 바로 이런 기분 때문에 지금도 허다한 배우들이 주린 배를 움츠리며 무대에 서는 것이리라.

더블린을 걷다보면 묵직하게 가라앉아 있는 듯한 인문적 공기가 느껴신나. 내기는 생낭안네 요힌 시믹이 있미. 베도기디 이 건바하. 떠든썩함이나 번쩍거림이 아닌 시리도록 푸른 하늘과 물길을 보며 그 묵직한 공기 속을 걷는다. 자고 나면 신기하고 새로운 것이 쏟아져나오는 세상인데도 오불관언吾不關焉. 어둑한 실내에 앉아 그 옛날의 예이츠와 베케트 연극을 보는 도시. 오래된 마호가니빛 도시 더블린만의 매력이다.

애비극장과 아일랜드 민족 연극 운동

애비극장은 아일랜드 민족 연극 운동의 중심지로 현재까지도 많은 작품이 꾸준히 상영되는 아일랜드를 대표하는 극장이다. 19세기 후반, 영국 식민지 통치를 받던 시기, 아일랜드인들의 민족정신을 고양하고 문화적 정체성을 확립하고 독립정신을 고취하기 위해 아일랜드 문예 부흥 운동이 일어났다. 이 운동의 대표 주자가 극작가 윌리엄 예이츠였다. 윌리엄 예이츠는 1899년 그레고리 부인과 협력하여 더블린 아일랜드 문예극단을 창립해 <캐서린 백작부인>을 비롯해 여러 극작품을 발표한다. 그러다가 영국의 극장 운영자 애니 호니먼에게 후원을 받아 1904년 애비극장을 열고 본격적으로 아일랜드 민족 연극 운동을 이어 갔다.

윌리엄 예이츠뿐 아니라 존 M. 싱, 오거스타 그레고리 등의 작품이 상영되고 아일랜드 민족주의 성향의 극작가를 계속 발굴 및 양성하여 그들의 작품을 무대에 올림으로써 애비극장은 시민과 직접 소통하는 일종의 광장으로 자리매김한다. 한 세기가 넘는 세월 동안 유명 극작가들의 신작을 비롯해 천여 편의 작품이 이곳에서 상영됐다. 1951년 화재가 났으나 1965년 신축 개장했다.

애비극장
주소: 26 Abbey Street Lower, North City, Dublin, D01 K0F1
홈페이지: https://www.abbeytheatre.ie/

영원히
　지지 않는 달

옷을 보고 사람을 평가하지 말라는

아일랜드 속담처럼

곧 벗어버리고 말 것들 아닌

흐르는 바람을 보고

대지의 소리에 귀기울여본다면 좋겠어.

지혜는 고요 속에 흐르고

영혼의 허기 또한 채워질지 모르니.

그 나라에서 배운 다른 하나는

고독과 외로움을 혼동하지 말자는 것.

산중의 홀로 핀 꽃이

길거리에 피어 사람들의 뭇 시선을 받는 꽃보다

덜 행복하리라는 착각일랑 하지 말자는 것이야.

지혜와 진리는 소란하지 않은 것.

그리고 본디

약간은 외로운 것.

아일랜드에서 배운 것.

숲의 사람 헨리 데이비느 소모가 밀냈닌기. 민닏믈 만한 떼면 두 사람이면 족하다고. 말하는 한 사람과 듣는 또 한 사람이면 된다고. 박물관의 오래된 원고지와 잉크 자국 희미한 글씨 사이에 서서 맑게 흐르는 한 줄기 바람을 본다. 작가와 나 두 사람만이 있는 듯한 느낌.

철학이 침묵의 소산이라면 문학은 이야기와 서사다. 아일랜드 문학박물관은 하프 연주와 함께 불리던 옛 음유시인의 이야기에서부터 시작된다. 그 땅의 역사 자체가 문학의 샘이고 근원이라는 이야기다. 가톨릭 국가답게 영국과의 갈등은 가톨릭과 성공회 간의 종교적 갈등과도 얽혀 있다. 아일랜드어로 번역된 오래된 『성경』도 탁자에 놓여 있다.

아. 그 탁자에는 제임스 조이스의 『율리시스』 초판본의 파란색 책 표지가 보인다. 가슴이 두근거린다. 문학청년 시절 나를 기죽였던 책. 지금까지도 완독하지 못한 책. 그런데도 마치 다 읽은 듯하게 느껴지곤 했던 바로 그 책. 방대하고 세밀하며 대하처럼 한없이 이어지던 그 이야기라니. 소설 아닌 장설長說. 그 문학 영웅을 그러나 노벨문학상은 에둘러 피해가버렸다. 하지만 세상의 모든 상이란 마치 파블로 네루다가 쓴 것처럼 '키스는 키스, 한숨은 한숨'일 뿐. 상은 상이고 문학은 문학이다. 그래서였을까. 사뮈엘 베케트도 장폴 사르트르도 노벨문학상 소

작가들
작가와 나 둘만 있는 듯한 그 느낌.

식에 시큰둥해했다. 베케트는 시상식에 가지 않았고 사르트르는 아예 수상 자체를 거부했다. 우리가 그토록 학수고대 앙앙불락해 마지않는 그 상을 말이다.

더블린 작가 박물관에는 소위 아일랜드 문학 5인방을 중심으로 한 기라성 같은 작가들의 친필 원고며 빛바랜 사진, 편지, 일기 등이 산만하고 어지럽게 전시되어 있다. 문 열고 들어서면 백 년 넘었다는 타자기며, 음유시인들의 원고, 그리고 손때 묻은 소품이 보인다. 벽에 걸린 작가들의 초상화를 보며 2층으로 가면 근내 더싱 시인들의 폐기 소품, 오래된 가구가 등장하고 문학 강연장 비슷한 공간도 나온다. 낡은 카펫과 낡은 액자, 집기로 가득한 늙은 방이 내게 "알겠지? 문학은 가난이야. 예나 이제나 '가난을 먹고 자라는 나무'지"라고 알려주는 것만 같다. 그냥 한 문학 호사가의 집에 초대받은 기분이다.

방은 물론이고 후원으로 나가는 벽이며 심지어 화장실 가는 쪽까지 사진, 인쇄물, 포스터 등이 무질서하게 빼곡히 채워져 있다. 그야말로 책과 자료로 채운 곳간이다. 노벨문학상 수상자는 여기서 '원 오브 뎀 One of them' 그러니까 여럿 가운데 하나일 뿐이다. 방의 세 벽면이 천장까지 헌책으로 쌓여 있던 나의 옛날 방으로 되돌아온 기분이 든다.

하지만 둘러보니 1970~1980년대 전시관 스타일에 살짝 서운해지기도 한다. '문학은 이래도 된다는 것인가' 하는 서운함이다. '전시가 좀더 맵시 있고 세련될 수는 없었을까' 하는 서운함이었다. 물론 문학은 아직도 이곳에 이렇게 있다는 안도감도 교차하며 자못 심리가 복잡하다.

언젠가 도쿄 메구로의 일본 근대문학관에 갔을 때가 떠오른다. 그 웅장한 건물에는 (첫 방문 후 삼십 년이 지난 삼 년 전 다시 찾았을 때는 적당히 낡은 모습이긴 했다) 이노우에 야스시 문학주간이라는 플래카

드가 걸려 있었고 마치 배우나 영화감독의 행사처럼 그의 문학적 일대기가 영상 속에 펼쳐지고 있었다. 그때는 반대로 문학이 이렇게 화려해도 되는 걸까 싶었다.

더블린 작가 박물관이라 하면 세계적으로 유명하고 문학인이라면 누구나 꼭 한번쯤 가보고 싶다고 로망을 갖는 곳인데 너무 두서없고 산만하다는 인상은 지울 수 없다. 벽에 걸린 작가 초상이나 사진이며 책, 원고가 비좁은 공간 탓에 제대로 빛을 발하지 못하고 있었다. 그러다보니 허늘익 별 긴은 작가들이 여기서는 제대로 내집받지 못하는 것만 같다. 언젠가 작가 알베르 카뮈의 묘비가 있는 알제리 근교 바닷가 마을 티파사를 찾아갔을 때도 비슷한 소회였다. 최연소 노벨문학상 수상자라는 기록을 가진 『이방인』의 그 알베르 카뮈의 생가 역시 초라함을 넘어 거의 방치되었다고 느껴질 만큼 안내 표지판 하나 없었다. 물론 알제리의 국가 체제상 알베르 카뮈의 문학을 퇴폐적이고 소모적인 자본주의의 산물 정도로 여겼을 개연성도 있었지만 말이다.

어쨌거나 오랫동안 와보고 싶었던 곳을 오니 후련하다. 어두컴컴한 실내로 답답했던 그 낡은 문학의 집을 나와 문을 나서니 밖에는 환한 햇빛이 비친다. 밖은 현재이고 안은 과거인데 두 세계가 벽 하나를 사이에 두고 공존하는 셈. 저만큼 가다 말고 그 오래된 붉은 벽돌집을 다시 뒤돌아본다. 얼핏 살아생전 이곳을 다시 오지는 못하리라는 예감 같은 것이 스친다. 같은 듯 다른 세상. 지금 이 거리는 햇빛으로 부서지는데 저 안에서는 문학이라는 창백한 낮달이 떠올라 있으리라. 어둠 속에서도 지지 않는 달이.

더블린 작가 박물관의 두 주역

내 기준에서 나름대로 더블린 작가 박물관의 두 주역을 꼽으라면 제임스 조이스와 오스카 와일드다. 문학의 숲 아일랜드의 별 같은 작가 중에서도 두 사람은 단연 돋보인다. 어쩌면 그들의 대중적, 문학적 지명도에서 온 아우라일 수도 있다. 노벨문학상을 받지 못했지만 두 사람은 그와는 별개로 오랫동안 많은 문학애호가의 사랑을 받았다.

우리는 노벨문학상을 큰 문학적 성과로 여기지만 아일랜드에서는 그 상을 수상했느냐 아니냐로 작가를 재단하는 것 같지는 않다. 더블린 작가 박물관 내부 전시에서도 수상자를 특별히 조명하지 않았고 오히려 제임스 조이스에게 공간을 더 할애했다. 상은 상, 문학은 문학이라는 쿨한 태도. 노벨문학상 콤플렉스를 지닌 우리로서는 돌아볼 만한 대목이다.

롱룸,
  하늘의 도서관

시간이 퇴적하여
허공에 도서관 하나 매달려 있다.
둥그런 책의 무덤,
빛으로
주변이 화안하다.
문자의 하얀 유골들은
하염없이 쌓여 있는데.
바람과 빗물 사이로
또 그렇게
세월은 간다.

열서너 살 무렵에 떠오르는 내 '행복' 지도 하나. 사면이 책으로 둘러싸인 헌책방. 밖에는 흰 눈이 소담하게 내리는데 푹푹 끓는 무쇠 난로 위의 주전자. 그리고 그 곁에서 의자에 앉아 발을 까딱이며 책을 보던 서점집 여자아이.

그 헌책방을 지나칠 때면 생각하곤 했다. '언젠가 나도 사면이 책으로 둘러싸인 곳에 살고 말거야. 천장에 닿도록 책을 쌓을 거야. 세상의 책이란 책은 다 모아서 그렇게 쌓아놓고 그 안에서 살 거야.' 그토록 책 가난에 허덕여서 닥치는 대로 빌려다 읽곤 했지만 그래도 허기는 채워지지 않았다. '아아, 마음껏 읽을 책이 쌓인 도시에서 살 수 있다면 얼마나 좋을까' 하고 바라곤 했다.

그림을 그리면서 지난 반세기 동안 허겁지겁 책을 끌어모았던 것도 생각해보면 그 채우지 못한 갈증과 허기 때문이었을 것이다. 그런데 세월이 흘러 집의 사면이 책으로 채워졌을 때쯤 문득 잊고 지낸 한 소년이 떠올랐다. 책 가난에 허덕이던 그 옛날의 소년. 내가 모은 책을 모두 그에게 보내기로 했다. 삼천 권이 넘는 책을 보내리라. 그것은 옛날 그 아이에게 보내는 나의 선물이자 스스로에게 하는 보상인 셈이었다.

내일이면 더블린을 떠난다. 아일랜드 여행의 버킷리스트 맨 마지막

어머니의 책

읽을 책을 마음껏 쌓아둘 수 있었다면……

은 트리니티칼리지 도서관 롱룸이다. 그곳은 내게 환상과 실재 사이에 있는 그 무엇이었다. 롱룸을 처음 텔레비전 화면을 통해 본 것은 이십 년도 전인 듯하다. 엄청나게 큰 오크통을 뉘여놓은 것 같은 그 길고 웅장한 모습은 거의 초현실적이었다. 세월의 더께가 앉은 오래된 그 궁륭의 목조 건물은 역설적이게도 마치 최신식 컴퓨터그래픽으로 연출한 것처럼 비현실적이었다. '세상에 저런 곳이 있었던가' 하며 놀랐던 기억이 생생하다.

내가 묵은 호텔에서 지척인 더블린의 오코넬사는 ♣니니러고 ♣면 멀리 광화문이 보이는 세종로라 할 만하다. 파리라면 개선문을 향해 뻗은 샹젤리제거리와 같다고 할 만큼 아일랜드 역사와 문화의 심장부다. 그곳에는 아일랜드 민족주의를 상징하는 대니얼 오코넬의 동상이 있고 길의 북쪽 끝에는 역시 독립 운동의 리더 파넬의 동상이 금색 하프를 배경으로 서 있다. 그리고 '빛의 기둥'이라고 불리는 뾰족한 첨탑이 있는데, 오갈 때마다 동상 사이의 이 거대한 바늘 같은 뾰족한 오브제가 생뚱맞아 보인다는 느낌을 지울 수가 없었다.

어쨌거나 리피강 가까이에 위치한 트리니티칼리지 정문으로 들어선다. 이 나라 최고最古의 대학이지만 백화섬처럼 사람들로 붐비는 중심가 큰길 쪽으로 징문이 나 있다. 1592년에 세워졌다는 이 대학에서 그간 수많은 노벨상 수상자가 배출됐고, 옥스퍼드대나 케임브리지대에 비견될 정도의 명문으로 인정받지만 이 대학이 그토록 유명해진 것은 좀 다른 이유에서였다. 예컨대 인류 문화유산 중 가장 아름다운 책으로 꼽힌다는『켈스의 서』와 오래된 도서관 롱룸을 보유하고 있기 때문.

『켈스의 서』는 옛 수도사들이 혼신을 다해 기도하듯 만든 전도용 복음서라 하는데 그림 그리는 내 입장에서는 그 아름다운 색채로 구성된 세밀화와 현대적 감각의 디자인에 절로 감동하게 된다. 『켈스의 서』의 방을 돌아 2층으로 올라가면 시야를 압도할 만큼 장엄하고 드라마틱한 광경이 눈앞에 펼쳐진다. 그 옛날 텔레비전에서 보던 바로 그 광경이 눈앞에 나타나는데 새삼 아일랜드 문화의 저력에 대해 경외심을 품게 된다.

전 세계에서 몰려온 듯 싶은 사람들로 중앙 통로는 가득 차 있는데 책의 기氣에 눌려서일까. 놀랍게도 그 인파의 흐름이 정중동으로 움직이며 번 넘치같을 及 느꼈다. 이 웅장한 녹소에 꽂혀 있는 서가의 책들은 장인의 손을 거쳐나온 듯 장정 하나하나가 예술작품인 듯 보인다. 책의 바다에 둥둥 떠다니면서 인류 문명과 종이 문화의 길고 오래된 관계를 새삼 떠올린다. 오래전 어떤 아티스트가 장차 테크놀로지의 발달로 종이는 화장실에서나 필요할 것이라고 일갈했지만 그것은 종이와 인간이 동행한 역사를 몰랐거나 일부러 모른 척한 데서 나온 멘트였으리라 생각한다. 롱룸에 머물다가 밖으로 나오니 마치 거대한 왕릉으로부터 빠져나온 듯, 햇빛 쏟아지는 순간 가벼운 현기眩氣로 아찔하다. 벤치에 앉아 오가는 사람을 보며 지나가는 한 줄의 생각. 인간의 삶이 계속되는 한 쓰는 행위 역시 계속될 것이다. 그것도 종이 위에 쓰는 행위가……

트리니티칼리지의 두 가지 자랑거리

더블린에 자리한 트리니티칼리지는 1592년 ○○ 인, 아일랜드에서 가장 오래되 고 유서깊은 명문 고등교육기관이다. 역사를 자랑하는 학교인 만큼 고풍스러운 건물을 비롯해 다양한 볼거리가 있는데 그중 『켈스의 서』와 도서관 롱룸이 특히 유명하다.

현존하는 가장 아름다운 고서⁂인 『켈스의 서』는 2011년 유네스코 세계기 록유산으로 지정될 정도로 그 가치를 인정받는다. 800년경 아이오나수도원에 서 제작된 작품으로 추정되는데 가로 33센티미터, 세로 25센티미터 사이즈의 최고급 양피지 680장으로 구성된 복음서다. 라틴어로 작성된 『켈스의 서』에는 「마태오의 복음서」「마르코의 복음서」「루가의 복음서」「요한의 복음서」 이렇 게 네 복음서와 예수의 전기 등이 들어 있다. 정교하고 화려한 삽화와 복잡한 장식 문양이 이어지는데 그중에는 확대경을 써야 보일 정도로 세밀한 작품까지 있다. 또한 식물성 자연 채색부터 미세한 원석 암채, 심지어 동물에서 추출해 채색한 부분까지 다양한 재료로 색을 입혀 회화의 재료사 연구에도 귀중한 문 헌이다.

『켈스의 서』 전시관 끝에서 2층으로 올라가면 드라마틱하고 엄청난 규모의 구 도서관 롱룸이 등장한다. 1812년부터 이십여 년에 걸쳐 지었다는 이 목조건 물의 도서관은 중앙 통로만 무려 65미터에 달한다. 진열장에 빼곡하게 꽂힌 이십만 권의 고서 앞으로 세네카를 비롯한 역대 석학들의 대리석 흉상이 놓여 있다. 롱룸은 영화 <스타워즈 2: 클론의 습격>에 등장하는 제다이 아카이브와 <해리포터> 시리즈 속 도서관에 영감을 준 장소로도 유명하다. 2013년 CNN이 선정한 '세상에서 가장 아름다운 도서관' 2위로 선정되기도 했는데 매해 오십만 명의 관광객이 이곳을 찾는다고 한다.

트리니티칼리지
주소: College Green, Dublin 2, Ireland
홈페이지: https://www.tcd.ie/visitors/

음악,
　푸른 새벽까지 흐르다

음표들이 한밤중
거리를 날아다닌다.
울고 있는 사람의 어깨 위로
춥고 불 꺼진 창으로
새벽까지 그렇게
노래를 실어나른다.
누구라도
슬픔의 창을 열면
나비처럼 펄럭이며
그렇게 내려앉는 노래들.

노래여, 아일랜드의 노래여.
칼과 창이 부딪치는 소리보다

더 길고 오랜

성업聖業 같은

그 땅의 노래들이여.

배고파 울기도 하지만

노래가 없어 우는 사람들에게

그렇게

푸른 새벽까지 이어지는 노래여.

긴 긴 은 노래여.

—

나는 남쪽의 소읍, 판소리 동편제의 벳시디로 불리는 곳에서 기갔다. 문밖을 나서면 늘 어디선가 소릿가락이 들려오곤 했다. 해가 설핏하거나 새벽녘이면 가물가물 흐느끼듯 들려오는 그 세성^{細聲}에는 마알간 슬픔 같은 것이 배어 있었다. 땅이 너르고 흙이 기름져 먹고살 걱정이 덜 해서였을까, 문밖을 나서면 도처에 '소리'였다.

그중에는 '동편제왕'으로 불리던 명창 강도근 같은 이도 있었다. 그이의 휘휘 감겨오는 애원^{哀願}의 소리는 돌연 꺾이며 뇌성벽력처럼 내리꽂히곤 했는데, 가끔은 들길로 자전거를 달려 명주 머플러 휘날리며 가는 모습을 볼 수 있었다. 지금 생각하면 아마 인근에 초청 공연 같은 데를 가는 길이었던 듯하다.

후에 미술가의 길에 들어서면서 어릴 적 남녘에서 들었던 구슬프고 가냘프고 혹은 거칠고 강하게 들려오던 그 소릿가락이 오롯이 먹선을 타고 살아나는 것을 느낄 수 있었다. 소리가 선이라면 추임새며 북소리는 점이고 여백이라는 깨달음이 왔다. 그런 면에서 무릇 예^藝는 한통속이며 한줄기라고 말할 수 있을 것 같다.

그런데 더블린에 오니 한밤중이나 새벽녘이면 아득히 먼 곳에서 어렸을 적 들었던 그 노랫가락 같은 소리가 들려오곤 했다. 희부윰한 건물들은 푸르스름한 새벽빛 속에 둥둥 떠다니는 조각배 같은데 소리는 그 위로 날아다녔다. 가까웠다가 멀어지기를 거듭하며 밤새 이어지던 그 소리는 그러나 아침 햇살과 함께 사라진다. 혹, 환청이었을까. 아침에 식당으로 가면서 호텔 측에 물어보니 아마 템플바 지역이나 그래프턴가 쪽에서 들려온 소리일 거라고 답했다. 그러면서 밤새 노래하고 연주하는 사람들이 거기 모인다고 설명해주었다. 문화와 역사의 다른 층위에도 불구하고 지난밤 내 귀에 남도 창과 아이리시 음악이 서로 교차되는 듯, 끼끼다니 신기한 일이었으니.

아일랜드, 유난히 수난의 역사가 많은 나라라고들 말한다. 그 한 많고 곡절 많은 역사를 문자만으로 풀어낼 수는 없었던 것일까. 이 나라의 음악 역시 쿠바처럼 현대음악의 한줄기를 이룰 만큼 그 흐름이 도도하다.

이런 경우의 음악은 대체로 "나를 좀 바라봐요, 내 말 좀 들어봐요"의 가락 담긴 하소연인 경우가 많다. 물론 오랜 아버지와 아버지의 땅, 아들과 그 아들의 아들이 이어가야 할 땅에 진군의 말발굽 소리가 들려올 때면 노래는 칼과 방패가 된다. "나가자, 나가서 싸우자"로 바뀌는 것이다. 따라서 전통 아이리시 음악의 폭이 넓고 긴 건 역사의 물줄기가 그렇게 흘렀기 때문일 것이다. 그런 면에서 아이리시 전통음악은 음계와 악기가 스코틀랜드의 그것과 비슷하다. 스코틀랜드 전통음악 역시 민족주의적 성격이 강해서 두 음악은 어떤 면에서 일란성쌍생아 같은 느낌도 있다. 아버지가 아들에게 그 아들이 다시 아들에게 들려주는 일종의 아이리시 창[註]인 레블송Rebel Song만 하더라도 팔백 년의 기나긴 핍박과 착취의 역사 속에서 태동된 음악이다. 그런가 하면 펍의 나라답게 아일랜드 사람들은 이른바 '드링킹 송'을 즐기기로도 유명하다. 〈항

푸른 새벽
가까워졌다 멀어졌다 구슬프고 가냘픈 소리가 퍼져나갔다.

아리 속의 위스키Whiskey in the Jar〉〈맥주, 맥주, 맥주Beer, Beer, Beer〉〈펀치 한 잔A Jug of Punch〉〈일요일의 위스키Whiskey on Sunday〉……

거리를 지날 때면 번갈아 등장하는 펍과 바가 무슨 차이인지 헷갈린다. 떠나올 때쯤에서야 두 장소가 엄연히 다르다는 것을 알게 되었다. '펍'이 술과 음악이 어우러진 일종의 공동체적 사교장 같은 곳이라면 '바'는 그냥 오가다 들러 한잔하는 곳이었다. 바보다는 펍이 더 독특했다. 남녀노소 빈부귀천을 뛰어넘는 대화와 소통의 장이었다. 머리가 하얀 위부터 청년들까지 제각기 제각기 삶의 물줄을 나와 이 작은 광상에 모여 하루치 피로를 풀 뿐 아니라 때로는 민족, 역사, 미래 같은 거대담론도 펼친다. 그러고 보면 음악의 물줄기는 역사와 만나고 문학과 만나고 삶의 온갖 서사와 만나면서 합하고 흩어지고를 반복하는 셈이다.

오후에야 음악의 거리라는 그래프턴가로 걸어가본다. 내가 묵은 호텔에서 걸어서 이십여 분 남짓 거리인데 우선 눈길을 끄는 것은 길거리 공연인 버스킹이었다. 둘러선 사람들과 즉흥 음악단은 서로 연주하고 박수치며 한 무리를 이룬다. 사면이 막힌 무겁고 엄숙한 공연장이 아닌 기타와 타악기가 섞인 길거리 음악은 사방으로 날아다닌다. 어젯밤 내내 들린 그 멀고 희미한 소리의 진원지가 여기였음을 비로소 알 수 있었다. 낡은 골목과 나무 혹은 운하를 건너 저 소리가 내 방까지 왔으리라. 그리고 그 소리를 통해 민족과 나라와 안과 밖이 만나고 심지어 이방인인 나와도 만나는 것이다. 아일랜드 여행의 소소한 기쁨이다.

노랫가락처럼 이어진 아일랜드 음악 계보

아일랜드 음악은 아일랜드 선농음악 복는 뿔어서 프레드 피고 부른다. 아일랜드 음악의 역사는 길기도 길지만 그 형식 또한 다채롭다. 우선 아일랜드 전통악기로 기네스 맥주의 로고로도 쓰이는 하프는 10세기경부터 연주되긴 했으나 짐작과 달리 전통음악에서는 널리 사용하지 않는다. 그보다는 보드라 북을 비롯해 딘 휘슬, 아코디언, 일리언 파이프 등이 더 많이 사용된다. 아일랜드 전통음악은 악보로가 아니라 연주자에서 다른 연주자로 전해지면서 지역별로 조금씩 스타일이 달라졌다. 이러한 유연성이 아일랜드 전통음악의 핵심이라 할 수 있다.

아일랜드에서 '민스트랄'이라는 사람들이 아일랜드 전통 민요를 불렀는데, 이를 바탕으로 1800년대에는 영국에 맞서 아일랜드의 정신을 지키자는 아일랜드 문화 운동이 일어나기도 했다. 버스킹의 천국이라고 할 정도로 거리 곳곳에서 관객과 소통하는 음악가들의 모습도 볼 수 있었다. 더블린뿐 아니라 골웨이의 라틴 지구, 남부의 코크 지역 등에서도 예술가들의 공연을 쉽게 접할 수 있다. 그래서인지 전통음악뿐 아니라 예술성과 독자성을 갖추고 전 세계적으로 사랑받는 U2, 엔야 같은 대중음악 가수도 여럿 나왔다.

휴식과 영혼의 땅

2부

사랑과
  언어의 꽃

억센 산과 울창한 숲.
창밖에는 호수.
벽난로 위에는
오래된 『성경』 한 권.
빠르게 물 위를 날아가는 하얀 새.
정갈한 식탁 위로 내려앉는
종소리.
화사한 고독은 종소리에 섞이는데
몸은 두고
영혼만 가지고 온 이곳
천지는 갑자기
화안한 빛.

여기는 아일랜드.

무지 선떼, 땅의 끝

나는 지금 세상의 끝에 서 있다. 바람 구두를 신고 달려온 이곳. 더는 갈 곳이 없다. 뭉툭 잘려나간 땅. 어느 날 우리네 삶도 이렇게 끝나리라. 땅이 끝나는 지점에서 남은 삶의 길이를 생각해보는 일, 공간이 시간과 겹쳐지는 순간이다. 천 길 낭떠러지 아래로 물의 푸른 혓바닥이 넘실거린다.

우우, 짐승의 울부짖음처럼 몰려오는 바람. '바다로 향하는 문'이라는 이름의 대규모 습지를 지나 닿은 모허 절벽 앞에서, 인간은 다만 연민의 대상일 뿐이다. 그들의 탄성, 외침, 모두 거대한 바람 소리에 묻혀버린다. 수억 년의 세월이 빚어낸 이 압도적인 광경 앞에서 한 세기를 버틸까 말까 하게 코끝에 숨을 매달고 사는 인생들의 희로애락이라니 싶다. 두툼한 겨울옷을 입고 방한모까지 쓰고 이리저리 몰려다니는 사람들. 나를 포함하여 이들은 허위허위 왜 여기까지 온 것일까.

미학자 아도르노는 일찍이 '체험되고 인식되지 못한 자연'은 두려움의 대상일 뿐이라고 말했다. 그럼에도 그 압도적이고 장엄하며 두려운 자연과 한사코 대면하려고 함은, 그렇게 함으로써 인간의 한계와 왜소성, 현재의 불안을 망각하거나 도피할 수 있으리라는 신리기게기 직용

풍경

탄성, 외침 모두 거대한 바람에 묻혀버린다.

해서라는 것. 쉬운 말을 어렵게 하고는 있지만 맞는 말 같기도 하다. 땅 끝의 섬에서 느껴지는 이 기이한 안도감이야말로 더 큰 존재나 힘 앞에서 자기 존재의 무력함과 덧없음을 인식하는 일이기도 하기 때문이다. 인간에게 주어진 시간의 유한성을, 지표면 공간의 갑작스러운 단절을 통해 확인하고 돌아설 수 있는 것이다.

총길이만도 8킬로미터, 높이가 무려 200여 미터에 달한다는 절벽을 따라 걸으니 발밑에서 서걱서걱, 시간이 밟히는 소리가 들린다. 기이한 세림이나. 싫은 날의 꿈과 복망도 함께 밟힌다. 문득 두려워진다. 지구 끝, 아니 텅 빈 우주에 홀로 단독자로 서 있는 느낌. 그러다가 뒤돌아보니 홀연 우아하고 찬란한 무지개가 떠 있다. 신이 불안한 인간에게 주시는 한 줄의 유머일까. 비로소 안도하고 돌아선다.

카일모어수도원, 사랑의 시작과 끝

이제 땅의 끝이 아닌 한 생애의 시작과 끝을 바라보는 지점에 서 있다. 산그림자를 거느린 코네마라호숫가에 지어진 회색빛 수도원은 신비롭고 몽환적이다. 여기엔 슬프고 절절한 사랑의 사연이 서려 있단다. 원래 저 아름다운 건축물은 수도원이 아니었다는 것. 사실 외형만 봐도 수도원이라고 하기엔 너무도 호사하고 웅장하다. 흡사 왕의 여름 궁전 같은 분위기였으니까.

건물이 지어진 사연인즉슨 이렇다. 영국 출신의 어마무시한 부자 청년이 있었다. 그는 지적이고 아름다운 여성을 아내로 맞이해 이곳으로 신혼여행을 왔다. 미첼 헨리와 마거릿 본이었다. 이곳의 전경에 반한 남편은 아내에게 결혼 선물로 천 평이 넘는 대저택을 지어주었다. 서른세 개의 방에 무도회장과 도서관까지 거느린 집이었다. 오 녀여에 거처

집과 육천여 평에 이르는 빅토리아 양식의 정원을 완성했다. 그러던 어느 날 두 사람은 이번에는 머나먼 신비의 땅 이집트로 여행을 떠난다. 하지만 병약했던 아내는 여행중 알 수 없는 병에 걸려 불과 며칠 만에 세상을 뜬다.

집을 지을 때 무너질 것을 미리 예상하고 짓는 사람은 없다. 지상에 집을 세우는 자마다 그 터는 견고하고 운명의 바람까지도 막아주리라는 환상을 갖는다. 크고 높게 지을수록 그렇다. 그러나 어느 날 집이 무너지고 인생도 함께 무너지곤 한다. 그런 면에서 미첼 헨리가 가장 이상적이라고 생각했던 이 호숫가 집 역시 갑자기 덮친 지진과 태풍으로부터 안전한 지대는 아니었다.

망연자실, 상심으로 은둔하던 남편은 다시 아내를 기리는 집 한 채를 짓는다. 있다가 사라질 인생들은 이토록 그 소멸을 못 견뎌 하며 다시 짓고 또 짓는다. 이번에는 영국의 브리스틀대성당을 본떠 고딕 양식으로 작은 성당을 지었다. 몸을 담는 처소뿐 아니라 그녀의 영혼이 돌아와 쉬는 쉼터가 되기를 꿈꾸었던 것이다. 그리고는 어느 날 기도를 드린 후 그는 소유지 일대를 모두 소작농에게 돌려주고 영국으로 되돌아간다. 꿈같은 사랑과 이별의 이 장소는 이제 수도원으로 성스러운 공간이 되었다. 동시에 불멸의 사랑을 꿈꾸는 이 세상 사랑꾼들의 순례지로 자리잡았다.

아일랜드, 들꽃 같은 문학, 문학, 문학

아일랜드에 와서 순간순간 기이한 경험을 한다. 창밖으로 초월적인 풍경이 지나칠 때는 삶의 무거운 중력을 완전히 벗어난 지대에 와 있다고 느껴진다. 반대로 밋밋한 '시간'이 '풍경'을 따라 울퉁불퉁해진다고 생

123

2부_휴식과 영혼의 땅

각될 때도 있다. 압도적인 풍경을 만나면 언어를 잃어버렸다가도 어슴푸레해진 우후兩後의 슬리헤드 해안을 거닐 때면 다시 수만 가지 언어가 벌떼처럼 잉잉거리며 날아오르기도 한다. '아, 저것들을 언어나 색채로 잡아채야 할 텐데' 하며 안타까워진다.

이제야 알겠다. 이 작은 섬나라에서 왜 그토록 많은 사람이 글 쓰는 쪽으로 흘러갔는지를. 흐린 날 호수와 야트막한 목초지, 지는 석양 속으로 차를 달리다보면 누구라도 시인이 되어 있음을 느낄 것이다. 도대체 언어란 보숭방으로 잡아채지 않는다면 순간순간 풍경 속으로 흘러가는 그 느낌을 어떻게 표현한다는 말인가. 나 역시, 스쳐가는 한나절 동안의 풍경을 몇 장의 드로잉으로 붙잡기는 어렵다. 이곳에서 글을 쓰는 이유다.

아일랜드의 다채로운 명소들

영국의 좌측에 위치한 섬나라 아일랜드는 그 지형이 우리나라와 비슷하다. 면적은 약 8만여 제곱킬로미터로 남한의 80퍼센트 수준인데 그나마도 1만 4천 제곱킬로미터의 북아일랜드는 영국 영토에 속해 있다. 하지만 국토 면적에 비해 풍경과 문화적 다양성은 무척 다채롭다.

너블린을 빗어나 해안선을 따라가면 아일랜드 곳곳에서 멋진 자연 풍광이 펼쳐진다. 우선 서쪽 끝으로 가면 수백억 년 동안 밀려온 파도가 형성한 클레어 카운티의 모허 절벽이나 애런제도의 던 앵거스 절벽을 만날 수 있는데 그 장관 앞에 서면 어쩐지 숙연해진다. 남쪽 케리 카운티로 가면 180킬로미터가 넘는 반지 모양의 드라이브 코스가 이어지는데 이 또한 환상적이다. 북쪽으로 가면 나오는 앤트림은 살아 있는 기대한 지질학 교실이라 힐 정도로 다양한 기암괴석이 가득하다. 이곳은 드라마 <왕좌의 게임> 촬영지로도 유명하고 유네스코 세계문화유산으로 지정되기도 했다. 신석기시대의 공동묘지가 있는 브루 너 보너 같은 장소도 볼 만하다.

'성인과 학자의 땅'으로 불리는 아일랜드에서 수도원 유적도 빼놓을 수 없다. 크라이스트처치대성당이나 세인트패트릭대성당 같은 큰 규모의 성당뿐 아니라 아일랜드에서 가장 오래된 벽화가 남은 코맥 예배당, 유네스코 세계유산으로 지정된 바위섬 스켈리그 마이클 정상에 벌집 형태로 돌을 쌓아 만든 수도원 유적지 등 크고 작은 유적이 다채롭다.

　이 외에도 아이리시 음악의 고향 골웨이나 에니스 등 문화, 예술, 종교의 명소가 헤아릴 수 없을 정도다. 아일랜드는 신이 인간에게 내려준 휴식과 영혼의 땅이라 할 만하다. 물론 내 생각이지만.

지상과
천국의 메신저

그런 날이 있잖아.
한없이 가라앉거나
턱없이 떠오르는 날.
상승과 하강의 그 두서없는 변곡점,
그 언저리 어딘가에서
C. S. 루이스를 읽으면 좋지.

북아일랜드
초원 저편으로 떨어지는
역사의 슬프고 장엄한 낙조.
그 속으로 뛰어가는 붉은 사슴들.
신비해서 아름답고
아름다워서 슬픈

그 하늘과 땅.
C. S. 루이스를 읽으면
북쪽 아일랜드의 풍경이 함께 떠오르고
마음속에 부유하는 소음들
어느새 가라앉고 말지.

C. S. 루이스를 읽으면
굳은 마음에 심은 나무처럼 자라나고
부드러운 산, 때로는
느리게 흐르는 강.
뉘엿뉘엿 지는 석양이다가
끝내 성스러운 반짝임 같은 것.

C. S. 루이스,
그 아일랜드 남자에게서는
저 외로운 목수의 아들이
슬픔 많은 세상에 벗어놓고 간
한 벌의 낡은 옷의 냄새가 느껴져.
그 벗어놓은 헌옷에 밴
따뜻한 노동의 냄새.

그런 날이 있잖아.
어두운 밤
한 발짝도 앞으로 내디딜 수 없을 것 같은 막막한 날.

차마 숨쉬기도 힘든 날.

문득 하늘을 향해 질문하고 싶어지는 날.

절절히 고백하며

흐느끼고 싶은 날.

촘촘한 절망의 그물을

빠져나올 수 없을 것 같은 날.

어두운 밤

바람이 불고

눈보라가 치면

불을 켜고

옛 아일랜드인처럼

창가에 앉아

그렇게 C. S. 루이스를 읽자.

—

내가 아는 오정현 목사(사랑의교회 담임목사)는 다독가다. 그는 늘 밝은 에너지 덩어리 같은 사람이다. 나는 그 환한 느낌이 좋다. 그는 신학이나 철학 외에도 음악, 미술, 문학 등 다양한 분야의 책을 읽는다. 특히 미술 분야는 애호가 수준을 훌쩍 넘어선다. 책을 많이 읽을 뿐 아니라 지인들에게 책을 선물하기도 좋아해서 내게도 가끔씩 한 보따리씩 다양한 책을 보내온다.

얼마 전 오정현 목사에게 C. S. 루이스의 『순전한 기독교』를 받았다. 책을 받은 순간 '아, 이 책' 싶었다. 예전에도 한번 선물로 받은 책이었다. 지금은 캐나다에 가 있는 한 제자에게 선물로 받은 적이 있었다. 1980년대 나는 대학의 '기독교와 미술' 관련 모임의 시도교수였는데 당시 그 그룹의 제자들은 C. S. 루이스의 책을 즐겨 읽고 토론하곤 했다. 그때 한 제자가 유독 그 작가에 매료된 듯 보였다. 기독교 변증서로서 이제는 신고전이 된 『순전한 기독교』를 막상 당시 지도교수였던 나는 읽지 못한 상태였다. 내게 꼭 읽어보라는 메시지를 카드에 적어 책을 보낸 앳된 여학생은 이제 예순을 바라보는 나이가 됐는데 사십 년이 지나 이번에는 그 책을 유명 설교가에게 받으니 감회가 새로울 수밖에. 이렇게 한 세대가 가는구나 싶었다. 그렇게 세대도 가고 세상은 바뀌는

아일랜드, 문학의 나라에서
시와 산문, 허구와 사실 사이를 오가는 아름다운 여정.

데 한 권의 책이 사십여 년 넘도록 읽히고 또 읽히다니 놀랄 만한 일이다. 그의 책 중『순전한 기독교』가 가장 널리 알려지긴 했지만 다른 책들 또한 여전히 대형서점 매대를 굳건히 지키고 있다. 놀라운 일이다.『나니아 연대기』『예기치 못한 기쁨』『헤아려본 슬픔』『고통의 문제』『세상의 마지막 밤』『스크루테이프의 편지』그리고『오독』……

시와 산문, 허구와 사실 사이를 오가는 그 마디진 손가락 사이에서 빚어져나온 문자들은 햇빛 받으며 흐르는 물살처럼 영롱하기만 하다. 그는 타고난 문장가였다. 습기 차고 습프 지상과 햇빛 쏟아지는 천국을 왕래하는 우편배달부처럼 C. S. 루이스는 세월이 가도 충실한 메신저 역할을 하면서 정신과 의사 M. 스캇 펙의『아직도 가야 할 길』과 함께 그 분야 독서계의 고전으로 자리잡았다.

그의 책이 지구인에게 그토록 많이 읽힌다는 사실은 한편으론 슬프고 또 한편으론 기쁜 일이다. 그것은 이 행성에는 아직 허리가 휘도록 노동해도 가족끼리 저녁 한 끼 자유롭게 먹지 못하는 삶이 있다는 이야기이며, 대성통곡해도 풀리지 않을 응어리를 가진 삶이 널려 있고, 허깨비 같은 죄와 싸우느라 기진맥진한 삶이 있다는 이야기이기 때문에 슬픈 일이다. 그럼에도 그 땅에 굳건히 두 발을 딛고 서서 고개를 들어 하늘을 바라보려 한다는 점에서, 그리고 그 상처받은 사람들이 자기 삶에 대해 세상에 대해 죽음에 대해 신에 대해 묻고 싶어한다는 점에선 희망적이다. 질문이야말로 인간의 특권일 터이기 때문이다.

북아일랜드 벨파스트, 이곳의 분위기는 더블린과는 확연히 다르다. 북아일랜드 분쟁과 분리주의의 갈등 및 상처가 깊은 지역이다. 한때는 화약 냄새 자욱한 곳이었지만 언제 그랬느냐는 듯 사방이 질펀하고 나른한 평화투성이다. 더구나 내 눈에 비친 벨파스트는 문학이 아닌 미술의 도시. 런던 뺨칠 만큼 세련된 현대미술작품이 여기저기 눈에 띈다. 그중에는 정치색이 담긴 벽화물도 많다. 옛 조선소 자리에 들어선 벨파스트 타이태닉 박물관은 끊어지다시피 했던 관광객의 발걸음을 다시 이어놓았다. 세상에서 가장 유명했던 여객선 타이태닉을 이곳 조선소에서 마무리 작업해 진수시켰다고 해서 그 자리에 빙산 모양으로 박물관을 세웠단다. 하지만 나는 설레는 마음으로 이스트 벨파스트로 발길을 옮긴다. 이른바 C. S. 루이스의 광장을 보기 위해서다. 막상 그곳에 들어서자 피식하고 웃음이 나온다. 조악하기 그지없다. 그의 판타지 소설『나니아 연대기』에 나오는 철조 인물상과 소품만 달랑 세워져 있다. 그러고 보면 C. S. 루이스라고 하면 사람들은『순전한 기독교』보다는『나니아 연대기』쪽에 훨씬 관심이 많은 것 같다.

발길을 천천히 시내로 돌렸는데 잉글랜드와의 갈등과 분열이 극심한 지역인데도 빅토리아시대의 건물들이 이어져 마치 작은 런던 같은 인상이다. 미워하며 선망했던 것일까. 어쨌거나 C. S. 루이스는 이곳을 떠나 런던으로 갔다. 그리고 런던에서는 더블린을 왕래했다. 허다한 작가, 미술가가 밟는 경로다. 그들처럼 그 역시 애증이 얽힌 고향을 떠나 런던에서 학자 소설가 교수로서 세상에 이름을 알렸다. 대영제국의 훈장과 기사 작위를 받으며 아일랜드인과 영국인의 두 정체성을 한몸에 지니게 된다. C. S. 루이스의 문장은 우아하고 웅혼하다. 섬세하고 아름답다. 교향악과 같고 가늘게 떨리는 바이올린의 현과 같다. 마치 아일랜드의 장엄한 모허 절벽 같은 원시의 자연을 닮은 듯하다. 그러나 또 한편으로는 독특한 도시적 섬세함과 세련성을 보인다. 말할 것도 없이 잉글랜드적 문예 전통이다. 그의 정신과 문학 세계는 말하자면 아일랜드와 잉글랜드라는 일란성쌍생아 같은 소산인 셈이다.

아일랜드 속의 영국, 벨파스트

벨파스트는 북아일랜드의 수도로 인구 삼십만 남짓인 작은 도시다. 한때는 분쟁 지역으로 관광객들이 방문을 꺼렸지만 영국 본토와 구분되는 독자적인 문화를 품고 있으며 빙하 계곡, 아름다운 해안선 등 다양한 볼거리를 갖춰 현재는 많은 이들의 발길이 이어진다.

아일랜드 독립의 역사는 1919년 옛 IRA가 영국에 대항해 벌인 독립전쟁, 1969년 이후 IRA의 분열로 일어난 내전 이렇게 두 개의 사건을 축으로 움직인다. 초기 내전은 일 년 남짓 이어진 끝에 남아일랜드는 독립되고 북아일랜드는 영국 자치령으로 나뉜다. 1969년 이후 북아일랜드 IRA는 OIRA(아일랜드 공화국군 공식파)와 PIRA(아일랜드 공화국군 임시파)로 나뉘는데 PIRA가 폭력 투쟁을 일으키면서 내전이 격화되었다. 북아일랜드의 영국 잔류를 원하던 신교도들은 샨킬 거리에, 아일랜드 통합을 바란 구교도들은 폴스 거리에 살았는데 한때 이들 사이에 높은 장벽이 세워질 정도로 서로 간의 적대심이 뜨거웠다. 1998년 '성 금요일 협정'이 체결되면서 PIRA는 무장 해제를 하고 분쟁도 거의 사라졌다. 이들 거리를 가로막았던 장벽은 현재 다양한 벽화가 그려진 '평화의 벽'으로 변모해 아일랜드의 아픈 역사를 잘 보여준다. 영화 <헝거>(2008) <벨파스트>(2022)를 통해 1969년 당시 벨파스트를 둘러싼 갈등을 살필 수 있다.

그 동네에서는 아직도
예이츠를 노래한다

아득한 옛날에 시가 있었다네.

수공예 장인처럼 시를 만드는 사람들이 있어.

사람들이 간혹 그 시를 사가기도 했다네.

그들이 만든 시의 바구니에

사랑, 그리움, 고독, 노을 같은 마음을 담아서

창가에 걸어두곤 했다네

하지만 지상에서 시가 사라져버리고

시인의 전설 또한 희미해지면서

걸어놓은 시의 바구니에서는 더이상

붉은 꽃도 피어나지 않고

흰 눈이 소복이 쌓이지도 않았다네.

옛날에 시를 짓던

언어는 알 수 없이 웅얼웅얼 빨라지고

사람들은 시의 느린 가락을 더는 견뎌내지 못했다네.

인간의 도시에서 추방되어버린 시.

하지만 우주 바깥으로까지 쫓겨난 것은 아니어서

지금도 떠돌다보면 간혹은 옛날처럼 시를 짓는 사람들도

여전히 시의 바구니를 사가는 사람들도

만날 수 있다네.

아일랜드 슬라이고.

그 동네에 가면 칠문 미디 있지 시의 바구니를 선네 있어.

예이츠가 길어온 호수의 파란 물과

둥둥 떠가는 흰 구름이

아직 그 바구니에 담겨 있고말고.

무수옹無愁翁, 즉 걱정 없는 노인 이야기가 있다. 무슨 일을 당해도 걱정하는 법이 없었다. 걱정 많은 왕이 노인을 불러 상으로 귀한 옥구슬을 주었다. 하지만 돌아가는 길에 만난 뱃사공이 노인에게 간청해 옥구슬을 꺼내서 보여주다가 그만 강에 빠뜨리고 말았다. 일 년 후, 왕은 그 노인을 다시 초대했고 전에 상으로 내린 옥구슬을 지참하라고 하명했다. 온 가족이 깊은 근심에 빠졌지만 노인은 너무 걱정하지 말라며 가족을 오히려 위로했다. 그런다고 해서 무슨 뾰족한 수가 생기는 것도 아니지만 이미 일어난 일과 앞으로 일어날지 모를 일을 놓고 후회나 근심하지 않는 게 평소 모습 그대로였다.

내일이면 궁으로 들어가는 날, 며느리는 마지막 볼지노 모를 시아버지를 위해 정성껏 저녁상을 차렸다. 큼지막한 생선도 한 마리 올렸는데 젓가락질을 하려던 노인이 생선 배에 반짝이는 무언가를 발견했다. 자세히 보니 일 년 전 물에 빠뜨린 왕의 하사품이었다. 노인은 그 구슬을 꺼내 들고 다음날 왕 앞으로 갔고 왕은 그를 칭송했다. (사실은 왕이 사공을 시켜 구슬을 일부러 빠뜨려놓고, 과연 그가 그런 상황에서도 걱정을 안 하는지 시험했던 것이란다.)

삶의 석양을 향해 걸어가는 사람이라면 누구든 무수옹으로 살고 싶

생명의 노래-어락
근심 없는 은은한 기쁨을 아일랜드에서 느껴본다.

지 않으랴. 돌아보면 우리 삶의 허다한 부분이 후회와 근심, 헛된 희망 같은 것으로 갉아먹혔다는 걸 깨닫는다. 그런데 아일랜드에 와서 푸르스름한 이끼로 덮인 대자연과 시간 속으로 들어가면서 잠시나마 무수옹이 되어감을 느낀다. 자연은 기쁨의 초록빛, 붉은빛을 발했고 그 속의 삶은 안온해 보인다. 도시는 도시로되 전에 느껴보지 못한 근심 없는 은은한 기쁨 같은 것이 흐름을 느끼게 된다.

시인 윌리엄 버틀러 예이츠. 휘트먼의 시와 함께 그의 시를 가끔씩 소리내 읽어본다 서양 민요 가락이라고나 할까. 한결같이 소리가 들리고 빛이 있다. 무수옹의 기록 같은 그의 시에는 아일랜드의 신화와 민요와 숲의 영감 같은 것이 가득차 있다. 물론 자신을 '레오 아프리카누스'라고 칭하며 어떤 혼령과의 접점을 고백하는 등 지나치게 물신적, 이교도적 성향으로 기울 때도 있지만 그의 시에는 대자연의 신비와 영성과 그 체험의 고백 같은 것이 가득하다. 무엇보다 한 올의 근심도, 우수도 없다.

근심은 현실에 갇혀 있을 때 강고해진다. 현실의 감옥을 벗어나 초월적 세계로 걸어들어가면 더이상 근심은 힘을 쓰지 못한다. 그렇다고 그의 조국 아일랜드가 무슨 초월적 세계는 아니었다. 그 땅 역시 말고 근심 많은 곳이었다. 하지만 눈을 대자연으로 돌릴 때 근심도 힘을 발휘하지 못하는 것 같다. 예수께서도 먹을 것과 입을 것으로 걱정 많은 인생을 향해 "공중을 나는 새를 보라, 들의 백합화를 보라"고 시선의 전환을 주문했다.

예이츠의 시 역시 일종의 시선 전환을 권한다. 숲을 보라, 그 숲에 흐르는 창조의 영성과 생명의 정수를 보아라. 빠르게 나는 새와 날렵한 사슴과 죽음의 두려움마저 빨아들이는 장엄한 낙조를 보라. 저 속에 무슨 근심이 있고 헛된 야망이 있으며 아물지 못한 상처가 있겠는가. 아기의 웃음소리 같은 기쁨으로, 다만 기쁨으로 가득하지 않은가.

그런가? 실제로 시인의 삶도 무수옹으로 살 만큼 기쁨으로 출렁거렸던가. 사실은 그 반대에 가까웠다. 그는 남다른 고뇌와 근심으로 찬 삶을 산 사람이었다. 우선 삶의 스펙트럼이 너무도 크고 넓어 고단했다. 아일랜드인과 영국인 두 얼굴로 살았다. 그만큼 걱정과 근심도 많았을 것이다. 결코 조용히 둘러앉아 자연 예찬이나 하며 시를 쓸 입장이 아니었다. 시이이기 전에 독립 운동가였고 정치인이었으며 그만큼 고뇌도 깊었을 것이다. T. S. 엘리엇은 예이츠를 "영어로 쓴 최대의 시인"이라고 칭송한 다음 "시인 가운데 최대의 시인"이라고 격찬했다.

1923년 노벨문학상을 받음으로써 예이츠는 그 문명文名에 정점을 찍었다. 하지만 그는 실상 반평생을 아일랜드 독립 문제 때문에 근심의 나날을 보냈다. 영국에 대해서 모호한 태도를 취해 아일랜드 독립 열혈분자들에게는 자주 공격을 받았고 그의 문학적 발판이 되어주었던 영국 사람들에게는 비난을 낭하기 일쑤였다. 그 모든 고뇌의 시간 동안 그는 아일랜드의 대자연 속으로 들어갔다. 그리고 거기서 스스로 치유하고 정화시켜갔다. 그러면서 마치 재가승처럼 자연의 청정한 빛을 마음의 나라에 초청하기로 한 것 같다. 시에서만은 무수옹으로 살기로 작정했던 것 같다.

아일랜드의 자연은 확실히 저 법정스님이 썼던 말처럼 "영혼의 모음母音" 같은 울림이 있다. 창조의 본모습 같은 청정함과 신비함이 있다. 세상의 근심, 걱정을 바람에 날아가는 안개처럼 흩어버리는 힘이 있다. 시인은 바로 그 자연에 흐르는 빛과 색을 언어로 잡아올린 것이다. 그래서 예이츠의 시는 그림이 되고 음악이 되는 것이리라. 그런 면에서 근심 많은 그곳 아일랜드가 시인에게는 숙복의 땅이었던 셈이다.

슬라이고, 예이츠 문학의 고향

아일랜드의 슬라이고는 인구 약 유만 명의 작고 아담한 도시다. 예이츠는 더블린 태생이었지만 유년 시절을 외가가 있던 슬라이고에서 보낸다. "내게 가장 큰 영향을 준 곳이 있다면 그건 슬라이고"라고 말할 정도로 예이츠에게 슬라이고는 추억의 장소이자 문학의 생태적 고향과 다름없었다. 더블린에서 자동차로 세 시간 남짓 북서 방향을 향해가니 슬라이고에 도착했다.

도착해보니 '예이츠의 도시구나' 싶을 정도로 시내 곳곳에 그의 흔적이 이어졌다. 시가 적힌 옷을 입은 동상을 비롯해 박물관 그리고 관광 코스처럼 '예이츠 10경'이 준비돼 있었다. 그중 빼놓을 수 없는 장소는 단연 이니스프리섬이었다. 잔잔한 호수에 위치한 작은 이니스프리섬이나 기이한 암석이 돋보이는 벤블벤산 등 그의 시에 등장한 장소를 어렵지 않게 찾을 수 있었다. 이외에도 드럼클리프에 위치한 세인트 콜롬버스 교회에서 예이츠의 무덤도 찾을 수 있다. 예이츠는 프랑스에서 사망했지만 생전에 늘 이곳에 묻히고 싶다고 얘기해왔기에 뒤늦게 이곳으로 무덤을 옮겨왔다고 한다. 이외에도 슬라이고에서 9월부터 다음해 5월까지 매주 수요일에 예이츠 시 서클이 진행되는 등 지금도 수많은 문학 애호가들이 예이츠의 흔적을 만나기 위해 이 작은 마을을 찾는다.

문학 속을 거닐다

문학의 나라 아일랜드에 관한 여행 에세이를 내놓는다. 이로써 해묵은 숙제 하나를 마친 느낌이다.

　해가 서산에 걸려 있다. 삶의 그 지점에서 기쁨은 부족하다. 여전히 부족하다고 니체는 한탄했다. 나 역시 가장 먼저 챙겨야 될 것이 기쁨의 하루임을 느끼게 된다. 문학이 기쁨의 한 조각이 될까. 여전히 그건 잘 모르겠다.

2024년 봄
김병종

시화기행 3

ⓒ 김병종 2024

초판 인쇄 2024년 4월 23일
초판 발행 2024년 5월 3일

지은이 김병종
책임편집 임혜지 | 편집 이경록
디자인 이보람 최미영 | 저작권 박지영 형소진 최은진 서연주 오서영
마케팅 정민호 서지화 한민아 이민경 안남영 왕지경 정경주 김수인 김혜원 김하연 김예진
브랜딩 함유지 함근아 고보미 박민재 김희숙 박다솔 조다현 정승민 배진성
제작 강신은 김동욱 이순호 | 제작처 천광인쇄사

펴낸곳 (주)문학동네 | 펴낸이 김소영
술반능록 1993년 10월 22일 제2003-000045호
주소 10881 경기도 파주시 회동길 210
전자우편 editor@munhak.com
대표전화 031) 955-8888 | 팩스 031) 955-8855
문의전화 031) 955-2696(마케팅) 031) 955-2672(편집)
문학동네카페 http://cafe.naver.com/mhdn
인스타그램 @munhakdongne | 트위터 @munhakdongne
북클럽문학동네 http://bookclubmunhak.com

ISBN 979-11-416-0030-3 03810

www.munhak.com